I WANT TO BE SPOILED BY THE MARQUIS OF ICE!

氷の侯爵様に甘やかされたいっ！

2

シリアス展開しかない幼女に転生してしまった私の奮闘記

ちだもちこ
OCHIKO

ion
づき
HAZUKI

TOブックス

C O N T E N T S

CONTENTS

illustration 双葉はづき FUTABA HAZUKI　design ヴェイア Veia

人物紹介

CHARACTERS

ランベルト

LAMBERT

「氷の侯爵」「フェルザー家の氷魔」などと世間で恐れられている。
血のつながり関係なくユリアーナを溺愛（暴走）している。

ユリアーナ

JULIANA

前世はアラサーのライトノベル作家で現在は美幼女。自作品の世界の不遇キャラに転生し苦戦……すると思いきや、ただ周りから甘やかされ困惑している。

オルフェウス

ORPHEUS

ユリアーナの前世にあるライトノベルの主人公。
冒険者として活動し、高い評価を受けている。
セバスを尊敬している。

ペンドラゴン

PENDRAGON

ユリアーナの魔法の師匠であり、高い能力を持つ宮廷魔法使い。
ランベルトとは旧知の仲。愛妻家で子煩悩。

セバス

SEBAS

フェルザー家の執事であり、影と呼ばれるセバス一族の長。
最近の悩みはランベルトの暴走を止められないこと。

ヨハン

JOHANN

フェルザー家の時期当主であり、ユリアーナの異父兄。
父と同じく妹を溺愛している。

これまでのおはなし

ライトノベル作家の本田由梨《ほんだゆり》（アラサー）は、気づくと異世界にいた。

それも自分の作品のキャラクターである幼女「ユリアーナ」の姿で。

激しい魔力暴走の中で、私《ゆり》は私《ユリアーナ》のことを思い出す。

不義《ふぎ》の子として生まれ、父と兄からは憎まれていたユリアーナは魔法の才能があった。家を出た彼女は主人公オルフェウスの妹分として一緒に冒険をすることになるのだけど……最終的には敵である父と兄と戦うことになってしまう。

このままだとバッドエンドになっちゃう!?　と怯《おび》えていた私だったけど、あれれ？　おっかしいぞー？

世間からは『氷の侯爵《こうしゃく》』とか『フェルザー家の氷魔《ひょうま》』などと呼ばれ恐れられていたランベルト・フェルザーは、とにかく私《ユリアーナ》に甘かった!!　苦い薬が楽に飲めるくらい甘すぎた!!

さらに兄のヨハン・フェルザーまでも、父親を見本にするかのごとく私《ユリアーナ》に対して甘い!!　甘すぎる!!　一体どうしたフェルザー家!!

周りの人たちからの甘やかしはとどまるところを知らず、筆頭であるお父様の愛情に溺《おぼ》れたり、お兄様と買い物デートしてみたり、魔法の先生であるお師匠様と遊んだり、主人公たちと友好を育んだり、実は精霊王のモモンガさんをモフモフしたり……などなど……。

甘く楽しいお屋敷ライフを送っていた私は、すっかり忘れていた。


子持ちバツイチとはいえ、お父様はイケメンだ。氷のように冷たい人間だと恐れられていたとしてもイケメンだ。さらに日々鍛《きた》えているから、均整のとれた素晴らしい身体《きんにく》の持ち主でもある。

そんなお父様がモテないわけがないのだ。

だけど、それでも。

分かってはいても。

再婚するお父様を。

私じゃない誰かと一緒にいるお父様を。


どうしても、見たくなかったのだ。

51　だってまだ幼女だもの

衝動的にではあるけれど、それなりに準備をして家を飛び出した。

変装をして「ごく普通の魔法使い」として旅に出ようと思った私は、取り急ぎ冒険者《ハンター》ギルドに顔を出すことにする。

なぜならば今ここに、次の仕事に移ろうとしているオルフェウス君がいるはずだからね！

え？　私の正体がバレちゃうんじゃないかって？　ご心配なく！　今の私の姿は、ただの変装ではないのだ。

フードに仕込んだ『成長の魔法陣』で体を変えるという、誰に見られても私《ユリアーナ》とは分からないようになっている……はずだった。

おかしいことに、秒で身バレした件。

「なぜ、バレたのか」

「モモンガを頭にのせた幼女が、モモンガを頭にのせた少女になっただけで、なぜバレないと思ったんだ？」

「オルさん、これでもユリ……ユーリちゃんは一生懸命に変装したのですから……」

ティアが「授業参観で成長した自分を見てほしい子の親」みたいな目で私を見ている!!　ぐぬ

ぬ!!

「ほら、またベリーで口のまわりが真っ赤になってんぞ？」

あ、お手数おかけします。

私の護衛をしていた経験からか、細やかな気配りをしてくれるオルフェウス君。

おかしいなぁ。

今の体は、だいぶ成長しているからバレないと思ったんだけどなぁ。

すると、頭でモフっとしたものから前足でテシテシ叩《たた》かれる。イタタ、痛いですよモモンガさん。

「きゅっ！（成長した主《あるじ》の外見はそのままである！）」

なんですと⁉

そういえば前世の成人式で、私を見た元同級生たちは皆「由梨ちゃん変わらないね！」などと声をかけられたっけ。反対に、私は元同級生たちの顔と名前がほとんど一致しなかったんですけど。

どゆこと？

友人の大人メイクと、私の七五三メイクとの対比に泣いたあの日のことを、今この瞬間に思い出しちゃったよ。ちくしょう。

前世《それ》はともかく。

「もういいよ。それで？　私を旅に連れて行ってくれるの？」

「その前に、話を聞く」

カウンターにいる店員のお姉さんに追加注文をしたオルフェウス君は、オーダーが揃《そろ》ったところで姿勢を正す。

久しぶりに会ったティアは、例の大量発生した魔獣《まじゅう》の後処理で私の事情は知らない。だからお父様に再婚の話が来たところから話すことにした。

「つまりユーリちゃんは、お父様と新しいお母様が一緒にいるのを見たくなかった、ということですか？」

「うん、それもそうなんだけど……なんか、あの家に私がいたらいけないのかなって、思っちゃったの」

「逆に侯爵サマは、お嬢様が居ないとポンコツになりそうだけどなぁ」

「お父様は完璧だから、きっと私のことが邪魔になる時がくる。それは分かっていたの」

「おい、俺の意見は無視かよ」

オルフェウス君の声は聞こえているけど、有り得ないから却下《きゃっか》の方向で。

「ユーリちゃんのお父様、今ごろ心配していると思いますよ？」

「そうかなぁ」

いや、心配はするとは思う。でも、なんだろう、このモヤモヤした気持ち。

大声で泣き出したいような、叫び出したいような。

「うー!!」

「なんだなんだ？　腹でも痛いのか？」

「ユーリちゃん、大丈夫？」

「だいじょばない!!」

言葉にならないモヤモヤをどうにかしたくて、手足をジタバタ動かしていたところ、オルフェウス君は大きく息を吐いた。

「わかった。旅に連れて行く」

「ほんと!?」

「ただし、明日合流するヤツが許可したらだぞ」

「わかった！　ありがとうオル様！」

「オルでいい」

「じゃあ、ありがとうオルリーダー！」

「うふふ、ユーリちゃん、リーダーの許しが出てよかったですね」

「ああもう、どうとでも呼べ」

やったねリーダー♪　我らがリーダー♪

ご機嫌《きげん》で鼻歌を歌っていたら、二人から慌てて止められた。他のお客さんに迷惑になるからって。

おっといけない。落ち着いた大人の女性に変装しているのに、公衆の面前で歌っちゃうとか……失礼しました！


宿屋はオルフェウス君が一人部屋で、私とティアが二人部屋だ。

長々と話してしまい、すっかり日が暮れてしまったのは申し訳ないと思っている。

「気にしなくても大丈夫ですよ。旅の準備はできていましたから」

「よかったー」

「え⁉　ユリちゃん⁉」

フード付きポンチョを脱いだ私を見て、ティアが驚いている。

成長した姿になる魔法陣はフードに付けているので、脱いだら幼女に戻ってしまうのだ。

「たまに、もとにもどらないと、からだにふたんがかかるの」

「ユリちゃん……それ、どのみちバレる流れでしたよね……」

「いざとなったら、モモンガさんになんとかしてもらう、よていだったから」

「きゅ……（主、無計画がすぎるぞ……）」

呆《あき》れたモモンガさんに、今日何度目かの頭テシテシをされてしまう。

部屋には二つのベッドと、小さなテーブルに椅子《いす》が二つ。

窓にはカーテンがかかっているけど、寝る時は板を落とすように言われている。

壁紙や絨毯《じゅうたん》など無い、木造そのままの内装だ。ログハウスみたいでテンション上がる。

「ユリちゃんは、こういう場所に泊まるのは初めて？」

「ん、すごくうれしい。おとまりかいみたいだから」

「オトマリカイ？」

「ともだちと、いっしょにあそんで、ねること」

そう言いながら、ティアのベッドにぼふんと乗ればたゆんと揺れる。

おおすごい。ぼふんぼふん、たゆんたゆんだ。

「楽しそうですね、オトマリカイ。では今やってみましょうか」

「じゃあ、こいばなしよう！　ティアは、すきなひといる？」

「え!?　す、好きな人!?　なんですか急に!!」

「おとまりかいといえば、こいばな。ティアのすきなひとは、やっぱりリーダー？」

「違いますっ……じゃなくて、私はまだ修行中の身なので、恋とかそのようなものは、その、あの……」

あれ？　オルフェウス君じゃないの？

作者《わたし》が言うのもなんだけど、将来有望な男子だよ？　なんだって主人公だし。

「できれば、あの、もっと年上で細身の殿方《とのがた》が……」

「えー、おとうさまみたいに、もっときんにくあったほうがいいとおもうー」

文官なのに鍛えていて、しっかりとした筋肉のついている、お父様みたいな人がいいと思うけどなぁ。

「きゅきゅ（主は氷のを基準に男を選ぶか）」

こういう時ばっかり心を読むね、モモンガさん。

「きゅ！　きゅ！（心を読んでおらぬ！　口に出しておっただろう！）」

あれ？　そうだっけ？

これはいけない。心の声が外に出ているのは危険だ。

「ユリちゃんは、本当にフェルザー様が好きなのね」

「ええ⁉　ティア、こころがよめるの⁉」

「うふふ、顔に出ていますよ」

「えー⁉」

いや、確かに好きだけど！　好きだけどさ！　面と向かって言われると照れてしまいますし！

うーん、こんなんで私、旅に出れるのかなぁ……。

昨日も今日も、お父様に「おやすみのチュー」してないなぁとかさ、もうホームシックになってるの早くない？

52　同じ色に乞《こ》う幼女

冒険者の仕事の多くは雑用力仕事が多いのだけど、まれに決算時の商会で会計の手伝いをしてくれなどという、頭脳プレーが必要になる時もある。

オルフェウス君は戦闘能力が高く魔獣退治を主としていたけれど、貴族の護衛は知力も体力も必要とされるから、彼にとっては良い経験になったのではないだろうか。

「寝ぐせ、ついてんぞー」

たとえそれが幼女のお世話係だったとしても。

いやいや、今の私は成人女性だ。

「きゅ、きゅ（主、諦《あきら》めよ）」

成人しているもん！　二十歳こえてるって窓口のお姉さんに言ったらなかなか信用されなくて、なんとか十五歳で手を打ってもらったもん！

この世界の成人は十五なんだってさ！　ちくしょう！

「毛玉、頭にのってるなら寝ぐせを押さえといてやれ。飯食ったら、もう一人合流するからな」

宿の一階は朝昼は食堂、夜は酒場になっている。

夜に降りようとしたらティアに「お子様はダメです！」と怒られた。

だから何度言えばいいのか。この姿の私は成人していると以下略。

朝ごはんはパンとスープとベーコンエッグだ。

スープが野菜たっぷりなので、それなりに栄養バランスがとれていると思われる。

そして美味しい。特に焼きたてパンが外はカリッと中はもっちりで、バターをつけてがっつりもきゅもきゅ食べれる。途中からベリージャムに変更して、さらにもきゅもきゅ。

食欲旺盛《おうせい》な私の口元を拭《ふ》きながら、オルフェウス君がこれからのことを話し出す。

「ティアはともかく、お前は魔獣と戦ったことないだろうから、最初は俺らの動きを見ることに徹しろ。町周辺なら二人でいけるからな」

「え!?　ティアも戦うの!?」

「私は戦棍《メイス》を持っていますが、もう一人いるので補助と回復を担当しますよ」

「あ、そっか。びっくりした」

「もちろん、あの父に仕込まれたので、それなりに戦えますけれど」

笑顔で力こぶを作るティアは、たゆんとさせながら物騒なことを言っている。

あの父とは……マッチョオネエなクリス神官のことですね。

「もう一人とは、どこで合流するの？」

「もうすぐ来るだろうな」

「前衛《ぜんえい》ですよね。武器は何ですか？」

「アイツは剣も使えるが槍《やり》の方が得意だ」

「剣と槍だと色々な戦い方ができますね。すごいです」

「器用なだけだって言ってたけどな」

ふーん。

あれ、ちょっと待って。

オルフェウス君の幼馴染《おさなな》み《じ》、イザベラちゃんはどうなった？　冒険者に戻ったんじゃないの？

「もう一人って、女の子じゃないの？」

「いや、男だ」

むむ、おかしいぞ。私の小説だとオルフェウス君はラブコメなハーレム主人公だったはず。

野菜たっぷりスープにはふはふしていると、ティアが水を持ってきてくれた。気づくと二人の食事は終わっていて、私ひとり食べるのが遅い。

もしや、冒険者たるもの早食いは必須スキルか。

「ちゃんと噛《か》んで、ゆっくり食べろ。大きくなれねぇぞ」

ぐぬぬお子様扱いしよってからに！

「きゅ、きゅ（だから諦めよ、主）」

ぐぬぬ。

食後のお茶を楽しんでいると、宿のドアが開いた。

自然と視線が向かうその先に見えたのは、陽光に煌《きら》めく銀色。

氷のように冷たい視線が私を突き刺す。

だけど、美しく整ったその顔にあるのは、大好きなアイスブルーの瞳。

銀色の髪は珍しいけれど、フェルザー家だけじゃない。

けれど、この氷の魔力の気配は、明らかにお父様と同じ血だと思う。

驚いて固まっている私に再び視線を向ける彼は、無表情のままオルフェウス君に問いかける。

「オル、今回は子どものお守りも依頼に入っているのか？」

「信じられねぇかもだけど、こう見えて成人してんだってよ」

「……ベル、とうさま？」

違う。

お父様よりも背が低いし、細身だ。

顔も中性的だし、何よりも目が全く違う。

同じ色をしているのに、私を見るその目は……ただ、冷たい。

「アロイスだ。そちらは神官か？」

「はい。ティアと呼んでください」

「そうか。回復役がいるのはありがたい。オルと二人だと回復薬を多めに持つから荷が重くなる」

「それも修行の内だろ？」

呆然《ぼうぜん》としている私を置いて、どんどん話が進んでいく。

え、ちょっと待って。

「あの！　はじめまして！　私はユーリです！」

「……オル、本当に連れて行くのか？」

「一応、お前の意見を聞いてからってことにしてある」

「却下だ」

ため息を吐いて銀色の髪をかきあげた彼は、濃い青色のフード付きマントを羽織ると立ち上がる。

「行くぞ」

「まぁ、待てよ。子どもに見えるだろうけど、魔力の高さは結構なもんだぞ？　後衛《こうえい》に魔法使いがいれば、かなり楽になる」

「却下だと言っている」

射貫くような冷たい目で見られ、思わず息を呑《の》む。

お父様と同じ色で、そんな風に見られるのは……とても、とてもツライ。

「ユーリちゃん、大丈夫？」

「う？」

ティアがハンカチを頬《ほほ》にあててくれて、初めて自分が泣いていることに気づいた。

おかしいなぁ。

心はもう、いい大人なんだけどなぁ。

「アロイス、お前なぁ、殺気出して子どもを泣かすとか最低だぞ」

「何だと？　お前が成人していると言ったからだろう」

「アロイスさん、さすがに小さい子を泣かすのは、年長者としてどうかと思いますよ」

「いやだから、成人していると」

「う、ふひぇ……ふにゃあああああああああ!!」

「あーあ、やっぱり泣いちまった。ユーリ、ほら、大丈夫だ。アロイスはこう見えて、子ども大好きなお兄さんなんだぞー」

「オル、それは初めて聞いたのだが？　しかもなんだこの泣きかたは……」

「にゃあああああああ!!」

「ほら抱っこだ！　抱っこしてもらえ！」

「ユーリちゃん、よかったですねー。アロイスさんの抱っこですよー」

「だからなぜ……」

昨日の夜から続くホームシックからの、お父様そっくりの目で冷たくされるというダブルパンチ。

私の涙腺は崩壊し、嗚咽《おえつ》が止まらない。どうしよう。

すると……。

ふわりと体が浮いて、いい匂《にお》いがするあたたかいものに包まれた。

ピタリと止まる涙と嗚咽。

「おお、さすが侯爵サマの血筋」

「あらあら、似ていると思いましたが、侯爵様のご親戚《しんせき》の方ですか？」

「……末席《まっせき》だがな」

ぎこちなく抱いている彼《アロイス》の不満げな様子に、オルフェウス君は何やら納得したように頷《うなず》く。

「じゃ、アロイスはユーリのお世話係に決定ってことで」

「なぜに⁉」

「大丈夫ですよ。こうして誰もが初めてを経験するのですから」

「なにを⁉」

騒ぐアロイス君の、まだ薄い胸板をペチペチと叩く私。

「ふぇ、ぐし、よろしく、お願いしましゅ。アロイスしゃん」

「……ぐっ」

少女になったのに噛んだ。

でも、アロイス君が無言で頷いてくれたよ。

やったね！（涙と鼻水にまみれながら）

53　初戦闘の幼女（抱っこ参加）

アロイス君はフェルザー家と繋がりがあるらしい。

お父様のような匂いがするのに、違う人だということに脳が混乱する。

「もしかしてユーリちゃんは魔力を色だけじゃなく、匂いでも違いが分かるのですか？」

「んー、何となくだけど、人の匂いは分かるよ。敵意がない人は大体いい匂いがする」

「犬か」

オルフェウス君の言葉に、前世でもかなり匂いに敏感だったことを思い出す。

自作品についてのうっすい記憶とは違い、謎に引き継いだ嗅覚《きゅうかく》の性能の良さよ。

「で？　いつまでこの状態でいればいいんだ？」

「いや、おろせよ」

そう。私は未《いま》だにアロイス君の腕の中にいる。

お尻を腕に乗せてもらっている、いわゆる「子ども抱っこ」の状態だ。

「おろしたら泣くのでは？」

「もう泣かねぇだろ。お前がいじめなければ」

「いじめてなどいない。正論を言っただけだ」

「それがいじめてんだっつの」

うむ。お子様に正論をぶつけたところで、おとなしく言うことを聞くとは限らないからね！

いや、おろそうよ。私はもう泣いていないし、何より子どもじゃないんだからさ。

……子どもじゃないからね!?

「少し遅くなったけど、今から出れば隣町には着くだろ。魔獣次第ってところだな」

「街道を辿《たど》っても魔獣は出るのですか？」

「最近増えてるんだと。俺が貴族様の護衛する前は、そうでもなかったんだけどなぁ」

うむ。そうなのだよ。

こう見えてオルフェウス君は優秀だ。小説の中でも大活躍してくれたから、一時的に王都周辺の魔獣が減ったというエピソードもある。

そして、彼が私の護衛をしたせいで、魔獣が増えたというね。

はぁ、なんというか申し訳ない気持ちになる。きっとセバスさん達が「腕利きの冒険者」を手配した結果なのだろうけど。

「スケルトンの大量発生は、フェルザー家の当主が掃討《そうとう》したという。多くの神官が土地を浄化する前に、すべて凍らせたと聞いた」

「ああ、あれな。すげぇよな侯爵サマは」

「スケルトンやゾンビなどの魔獣は、土地自体を汚染してしまいます。凍らせたことによって、汚染の侵食が止まったのは、とてもありがたいことでした」

お父様、そういうことをしていたんだね。

何日も王宮に泊まり込みだったから、さぞかし忙しいのだと思っていたけど、まさかお父様自身が出ることになっていたなんて。

「んで？　いつまでやってんだ？」

「何がだ？」

「何がじゃねぇよ。いつまでユーリを抱いてるんだって話だよ」

そう。アロイス君の抱っこは続いている。

大丈夫ですよ。もう泣きませんよ。

私もいい大人ですしおすし。

「戦闘になるまで、このままでいい。おろして泣かれても面倒だ」

いやだから、泣きませんし!!

旅をするにあたって、私の持っている荷物は少ない。

野営の道具はオルフェウス君が一手に引き受けていて、私の持っているものは最低限の食料や薬のみだ。

大体は魔法でなんとかなるからというのと、密かにモモンガさんの頬嚢《ほおぶくろ》を荷物置き場にしていて、必要な時はそこから出してくれる。

あ、精霊の力を使っているから、ヨダレとかは付いていないよ。何度も確認したから大丈夫だよ。

（確認しすぎて怒られたけど）

正直これは反則技だと思う。だがしかし、まだ私は初心者なので大目に見てやってほしい。

「修行といえば山だ！　って理由で、勝手に北の山に向かうことになってるけどティアは大丈夫か？」

「はい。父も昔そこで修行をしたそうなので」

「北の山って、竜がいる場所の？」

「おう。よく知ってんなユーリ」

え、ちょっと待って？　竜がいる山って、そんな気軽に行ってもいい場所だっけ？

「きゅきゅ。きゅ（こやつは、あの執事《しつじ》の教えを受けている。心配は不要だろう）」

モモンガさん、そういうことじゃなくてね？

北の門では、アロイス君に抱っこされた私が奇異《きい》な目で見られるくらいで、特に問題なく町を出ることができた。

もう私が居なくなったことはバレているだろうに、お父様やお師匠様から追っ手がかかる気配はない。

私がした隠蔽工作《いんぺいこうさく》がうまくいったのかな？

「お前は、索敵《さくてき》ができるか？」

「できるよ！」

未だ抱っこされている状態の私だけど、網状《もうじょう》の魔力を広範囲に張るイメージで展開していく。

お師匠様から教えてもらった、この魔法はすごい。

何かが魔力の網《あみ》に触れれば、私だけじゃなくメンバー全員に伝わるようになっているのだ。

「ほう……なかなかやるものだな」

「ふふん、すごいでしょ」

一瞬、口元が緩《ゆる》んだアロイス君だけど、じっと顔を見ていたら「集中しろ」と怒られた。ぐぬぬ。

「戦闘に入ったら、ティアの側から動くなよ」

「わかった」

街道を歩くのは私たちだけで、他は馬車が多い。

それでもオルフェウス君やアロイス君の評判を聞いているのか、私たちの速度で付いてきている。

「次の町まで近いし、そこまで悪質じゃねぇから気にすんな」

「でも……」

不満げな顔をしているのに気づかれて、オルフェウス君に宥《なだ》められる私。

団体行動している人間達に対し、魔獣はよほどのことがない限り近づかないらしい。

護衛を雇《やと》うほどでもない距離とはいえ、念のため集まって移動するようにしているとのこと。

でも、今回は明らかにオルフェウス君狙いだよ。ぐぬぬ。

「お、来たな」

「便利だな、この魔法は」

「ユーリちゃん、こっちへ」

アロイス君からティアに手渡される私。

いや、だからさ、おろしてよ。

出てきたのは狼《おおかみ》型の魔獣だ。

数頭とはいえ、仲間を呼ばれたら厄介《やっかい》だと本に書いてあった。

「喉《のど》を狙え。吠《ほ》えさせるな」

「おうよ」

何度か一緒に行動をしただけだという二人なのに、息がぴったりだ。

オルフェウス君が剣で素早く攪乱《かくらん》させて、アロイス君が槍で突くという流れ。

「これなら、私の出番はなさそうですね」

「すごい……」

セバスさんのところで訓練したせいか、音もなく流れるように剣を振るうオルフェウス君。

「ほう、だいぶ出来るようになったな」

「えらそうに！」

うん、えらそうだよアロイス君。

でもその態度には納得だ。彼は、まるで軽い木の棒でも扱うかのような槍さばきを見せている。

「氷槍《ひょうそう》」

槍で軽く突くような動きをしたアロイス君の手元から、魔力の動きを感じた。

瞬間、吠えようとしていた魔獣の喉元に現れる、氷の首輪。

バタバタと倒れていく魔獣は、黒い塵《ちり》となって消えていく。

「容赦《ようしゃ》ねぇな」

「素晴らしい魔力操作ですね」

ぐぬぬ、魔力操作なら負けませんよ！

するとぐいんっと体が宙を浮く。

「ふぇ!?」

「行くぞ」

いや、だから、もう抱っこは要《い》りませんからー!!

54　古典的な偽装《ぎそう》をかます幼女

ドドン!!（大きめな和太鼓音のイメージ）

目の前に、やたら派手な虹色髪《にじいろがみ》の男が仁王立《におうだ》ちしている。

そしてめちゃくちゃ怖い顔をしている。

鬼や。ここに鬼がおるんや。

「ど、ど、どどどどちら様でしょうか」

「……本気で怒られる前に、謝っておけよ？」

「おししょ、ごめんなさいー!!」

隣町の宿屋にて、私は華麗なるスライディング土下座をした。

この状況下でも「あらあら」と笑顔でいるティアがすごい。

ちなみに、オルフェウス君とアロイス君は買い物に出ていて別行動だ。この醜態《しゅうたい》（土下座）を見られなくて良かった……。

「俺が毎日来れないからって、お前が屋敷を抜け出すのがバレないとでも思ったか」

「おかしいな。ちゃんと布団に魔法陣入りのクッションを詰めておいたのに……」

「お前……身代わりの魔法陣を敷くのはいいが、供給する魔力の設定をしなかっただろう。お前が離れたことで、ただのクッションにしか見えなかったぞ」

「ええ!? そんなぁ……」

身代わりの魔法陣は、対象の人間そっくりの人形が現れるものだ。

戦いにおいて相手からの攻撃を身代わりに受けたりと、高度な技術を要するものなのだけど……。

「あれ？ そういえばおししょ、なんで私がユリアーナだって分かったの？」

「そのなりで、変装をしているつもりか？」

「今はモモンガさんもいないのに……」

目立つモモンガさんは、オルフェウス君たちと一緒に外出中だ。

宿屋で留守番するから安心して外出したのかと思ったら、もしやあの毛玉、この状況になることを気づいていたのでは？

モモンガさんという目印がなければ、私は美少女魔法使いユーリにしか見えないはず。なぜバレたのだろうか。

「お前、それ本気で言っているのか？」

「ペンドラゴン様、ユーリちゃんは本気も本気、ド真面目の発言ですよ」

「そうかぁー、そうなのかぁー、残念すぎるぞ弟子ぃー」

なんかよく分からないけど、馬鹿にされているというか、呆れられているような感じがするのは気のせいでしょうか。

「今のお前はフェルザー家の影たちも付いていないって聞いたから、慌てて飛んできたんだぞ」

「うう、ごめんなさい。え？　影たち？」

「護衛はいらないって話をしていたが、どうも心配でな」

「同行者はティアと、オルリーダーと、アロイスさんがいるけど……」

「アロイスがいるのか？　それならまぁ、心配はないだろうが」

ぶつぶつと、何やら呟いているお師匠様は置いといて。

そっか。アロイス君はフェルザー家の末席だから、お師匠様も知ってるのね。

ところで気になることが、ひとつ。

「あの、お父様は……」

「ランベルトか？　いや、とりあえず嬢ちゃんの安否《あんぴ》確認してから報告する予定だ。王宮に出ているみたいで、屋敷にはいなかったからな」

「……そですか」

「嬢ちゃんの護衛は、アロイスがいるなら大丈夫だろう。アイツは強いからな」

「確かに、すごい槍さばきだったかも」

「ん？　槍？」

お師匠様がふと顔を上げてティアを見れば、彼女もコクコク頷いている。

氷の魔法を槍にのせる、あの技はすごかった。私も魔力操作を頑張《がんば》ったらできるようになるかな？

「嬢ちゃん、俺は一度フェルザー家の屋敷に戻る。しばらくこの宿から出るなよ」

「明日の朝までここにいるけど……」

「出発を引き延ばしておけ」

「えー!!」

そんなのは無理だと思ったけれど、お師匠様の様子がピリッとしていてこれ以上何も言えなくなってしまう。

きっとアロイス君あたりから嫌な顔されそうだ。旅の疲れだとか言い訳して、部屋から出ないようにすれば何とかなる……かな？

「ユーリちゃん、私がリーダーとアロイスさんに話しておきますね」

「ありがとう。ティア」

うう、ごめんよティア。

今回の旅は、ティアの武者修行が目的だ。その本人が「よし」としているのだから、きっと大丈夫……だよね？　大丈夫だよね？


夕方になって、本当に熱が出た。

「思った通りだ。しばらくは、この町で待機になるだろう」

そう言って、アロイス君は紙袋からガサゴソと何かを取り出している。

思った通り？　私が熱を出すことを予想してたの？

無言で何か作業をしているアロイス君の横で、オルフェウス君がティアに話しかけている。

「ティアは大丈夫か？」

「私はスケルトンの騒ぎの時に終えてますから」

終えている？　何を？

ベッドの中から目で訴える私に気づいたのか、オルフェウス君が解説してくれる。

「魔獣を倒した時、奴らは魔素《まそ》に還《かえ》ることは知っているだろ？　その時、戦闘に参加した人間が多量の魔素を取り込むことがある。初めて魔獣を相手した人間によく出る症状だな」

「急激な体の成長に耐え切れないと、体調不良を起こすことがあるのですよ」

「体の成長？　私、大きくなるの？」

「あー……そうだな。大きくなるといいな」

明後日の方を向いたまま、私の頭をワシャワシャと撫《な》でるオルフェウス君。

そしてさっきからアロイス君は何をやっているのか。なんかゴリゴリと不穏な音が聞こえてくるんですけど。

「これは生の素材じゃないと効かない。今すぐ飲め」

「なに、これ」

「熱だけでも下げておけ」

「いやだから、なんなのこれ」

カップの中身から漂《ただよ》う何ともいえない青くさいにおい、そして水気の少ないドロッとした紫色の何か。

明らかにこれは普通の人が飲むものではないと思う。むしろこれ、口から摂取するものじゃないでしょ。

「飲め」

「もがっ⁉」

問答無用とばかりに鼻をつままれ、口を開いたところに謎液体を流し込まれる。

いやあああ誰かあああ……あ、あれ？

ちょっと青くさいだけで、まぁまぁいける感じ？

「ぷはぁ、もういっぱい……いらないです！」

「これ、一発で熱下がるんだけど、見た目がなぁ」

「アロイスさんが作れるとは驚きです」

「そうだよな。これ、村の婆《ばあ》ちゃんとかが作ってくれるやつだもんな」

……おばあちゃん？

なぜかまだゴリゴリやっているアロイス君を見たら、ふたたび紫のドロドロがたっぷり入っているカップを私に差し出している。

おかわり？　いらないですよ。

いらないですってばもがぁっ⁉

55　驚く幼女と急ぐ少年

「はやく、おししょ、もどってこないかなー」

「ペンドラゴン様でしたら、移動も飛んできそうですね」

うふふと笑っているティアだけど、その飛ぶ魔法は魔力の燃費《ねんぴ》が悪いらしいよ？

ベッドの中にいる私は何もすることがなくて、ひたすら幼女姿でゴロゴロしているだけだ。

もちろん、成長の魔法陣がついているポンチョは、すぐ身に付けられるよう枕元に置いてあるよ。

幼女であることがバレたらやばい相手、アロイス君は末席とはいえ貴族。乙女の部屋に突然入ってきたりしないから安心なんだけどね。

宿のベッドは侯爵家のベッドと違ってかたいけど、それはそれで味があっていいものだ。

前世の私なら宿のベッドの方が好きだったかも。腰とか、腰とかね……。

念のため、もう一日休めというオルフェウス君とアロイス君の指示により、絶賛引きこもり中の私。

その間ティアはずっと側にいてくれている。私の看病というよりも、何か別のことを心配しているようだけど。

え？　私？

大丈夫ですよ。元気ですよ。

「やっぱり。ユーリちゃんは寂しいのですね」

「へ？　なんで？」

「モモンガさんをずっと手放さないので」

「きゅ……（苦しいぞ主……）」

「ごめ、モモンガさん！」

なんでだろう。なんかずっと不安な気持ちになっている。

屋敷を出て離れたからかと思ったけど、それだけじゃない。

「きゅ、きゅ？（主が気になるのは、氷そっくりの少年か？）」

うん。そうなんだよね。

アロイス君は、あまりにもお父様に似ている。似すぎている。

お父様なのに、お父様じゃない彼には違和感しかない。

「アロイスしゃん、なんで、おとうさまにそっくりなんだろう」

「確かに、外見は似ていますけれど……」

ティアは魔力の色を見ることはできるけど、私みたいに匂いまでは分からないそうだ。むぅ……。

どう説明しようか悩んでいるところに、紳士の「し」の字も見当たらないオルフェウス君が部屋に飛び込んできた。

「おい！　大変だぞ！」

「うわぁ、びっくりしたぁー」

「リーダー、乙女の部屋にノックもなしに入ってきたらダメですよ。あと内鍵を壊さないでください」

「ア、アロイスしゃんは？」

「大丈夫だ。町のギルドにいるから、しばらくは戻ってこない」

布団にもぐり込んで応対していた私は、その言葉に安心してモソモソと顔を出す。

「たいへんって、なに？」

「ギルドで聞いたんだ。フェルザー家の当主が交代したって話を」

「えーっ⁉」

「交代ということは、ご子息のヨハン様が継がれたということですか？」

「ああ、そうだ。すでに代理で仕事をすることもあったから、引き継ぐことに問題はないだろうってさ。だけどなぁ」

オルフェウス君とティアの視線が、私にグサグサと突き刺さる。アイタタタター。

「……まさか、まさかだよね？」

「それしかねぇだろうよ」

そう。「まさか」の「それ」とは言わずもがな、お父様が私を追いかけてくるという「それ」である。

いやいやちょっと待って。

私を追いかけるという理由だけで、当主を交代するとか有り得ないと思うのでありますが。

「ユーリちゃん、ペンドラゴン様が来られたら、詳しい事情が聞けるのではないでしょうか」

「そうだね。うん、そのとおりだね」

なんだか急に胸がドクンドクンしてきた。心なしかお腹も痛くなってきたような……。

「ユーリの師匠が来てたのか？」

「ちょっとだけだよ。またくるから、もどるまでまっていろって」

「アロイスさんの話を聞いて、慌てていたみたいですよ」

「アロイスの？」

オルフェウス君は、しばらく首を傾げていたけれど、不意に何かを思い出したように声をあげる。

「そういや、ギルドでも変だったんだよな。ユーリをしばらく休ませるなら、ギルドで仕事でもするかって話になってな。剣の実技指導を受けようって言ったら、剣はやらないとか言い出してよ」

「それ、おかしいの？」

「魔獣との戦闘では、アロイスさん槍を使っていましたよね？」

「何度か組んだことがあるけど、剣も槍と同じくらい使えてたぜ？　貴族はどんな武器でも使えないとダメだとか言って。なーんか、おかしいんだよなぁ」

「んー？？？」

どゆこと？

なぜかギルドの職員に「剣の指導をしてくれ」と引き留められた私は、宿へ戻るために急ぎ足で歩いている。

それにしても、なぜ槍使いの私に剣術の依頼をしてくるのか。

オルフェウスも一緒に居たのだから奴に頼めばいいことだろう。

まぁ、奴は急用があったらしく、すぐにギルドから出て行ってしまった。おかげで矛先《ほこさき》が私に向けられてしまったのだが……。

もっと早く戻れると思っていたのに、遅くなったではないか。

……いや、急ぐ必要はないはずだ。

今回の依頼内容は、あくまでも見習い神官の修行を手伝うことであり、幼女のような少女を世話することではない。

それなのに。

なぜ私は、気が急いているのか。

「そこのイケてるお兄さん！　ひとつどうだい？」

「……む？」

声をかけてきたのは屋台を営む男だ。

普段は無視するのだが、不思議なことに今は、売られている菓子を買って帰りたい気分になっていた。

「ひとつくれ」

「あいよ！　ありがとよ！」

受け取った袋には、小さく切って揚《あ》げたパンに蜂蜜《はちみつ》がまぶされている菓子が入っている。

その甘い香りに、◯◯◯◯の喜ぶ顔が……。

「おい！　ラン……アロイス！」

「……誰だ？」

振り向けば、飛び込んでくる虹色に思わず目を細める。

真っ白な鳥の羽根を使ったマントといい、相変わらず派手な奴だ。

「なんだ、ペンドラゴンか」

「なんだじゃないだろう⁉　どうしたんだお前、突然息子に当主をやらせるって‼」

「息子？　何だそれは」

真顔で返せば、驚いたように目を丸くした後、彼は目を眇《すが》めて私を見る。

「まさか、お前……」

「とりあえず、話は宿で聞こう。仲間の一人が体調を崩《くず》しているから早く戻りたい」

「……わかった」

素直に従ってくれる彼にホッとしながら、宿への道を急ぐ。

この土産を、あの子は喜んでくれるだろうか。

◇とある新米当主の困惑

私の名はヨハン。

由緒《ゆいしょ》あるフェルザー家の嫡子《ちゃくし》であり次期当主として育てられた私は、敬愛する父上の下で順風満帆《じゅんぷうまんぱん》に生きていた。

……はずだった。

「なぜ、私はここまで忙しくなっている？」

「それはヨハン坊《ぼ》っちゃまが学生であり、学園の生徒達をまとめる総会に所属しており、なおかつフェルザー家の領地経営まで手を広げてらっしゃるからでは？」

「後半は私が望んで手を出したわけではない」

「さようでございますか」

目の前にいる壮年の男はセバス。フェルザー家の筆頭執事であり「影」を取り仕切る長でもある。

もちろん私はセバスの返す言葉が分かっていて問いかけているのだから、彼の態度には苛《いら》つきはするが怒ることはしない。だが苛つく。

「坊っちゃまはやめろ」

「かしこまりました」

そう言いながら、一向にかしこまった態度を取らないセバスを、私は恨めしげに見る。

「ユリアーナは無事か？」

「はい。アロイス様がついてらっしゃいます」

「それならば心配はないが。……なにも、当主を交代するまでしなくてもいいだろう？」

「旦那様は、ユリアーナお嬢様のことを唯一《ゆいいつ》の存在とおっしゃっておりますからね」

「確かにユリアーナは大事だが……」

愛らしい妹《ユリアーナ》の蜂蜜色を思い出すと己《おのれ》の頬が緩む。

貴族として人前で表情を崩すのは、よろしくない。

しかし、ユリアーナに限って言えば、けっして表情を変えないセバスも仮面のような笑みが崩れてしまうくらいだ。多少の粗相《そそう》は許されるだろう。

妹という存在を知ったのは一年半前だ。

いや、妹がいるということは知っていた。しかし、自分を生んだ母の顔さえうろ覚えの私は、周りの人間に一切興味を持てなかったのだ。

それが変化したのは妹の存在を、温かさを感じてから。

「そう、ユリアーナは与えてくれた。フェルザー家の人柱《ひとばしら》として生きることしかないと思っていた私に、誰かを愛するという感情を」

「坊っちゃま……」

セバスもそうだ。

これまで父上に情報を与えるか、邪魔なものを排除することしかしなかった彼が「自主的に」影を動かしているのを私は知っている。

ユリアーナのためになることだから父上も黙認しているが、本来の彼の立場なら有り得ない事なのだ。

そういえば、ユリアーナが魔力暴走を起こすまで、彼女を放置していたのも謎だ。

父上やセバスが調べても、なぜあのような状態になるまで放置していたのかが分からなかったという。

「ところで、いつ父上は戻る？」

「なぜです？」

「いや、さすがに私が当主を継ぐのは早すぎるだろう？」

「もうじき成人される坊っちゃまが、家督《かとく》を継がれるのに早いも遅いも無いとは思いますが」

「セバス」

苛ついたように返す私に、セバスは恭《うやうや》しく布を差し出す。

「こちらのご確認を」

「ん？　ただの布ではないか。これは……父上の『アロイスのマント』か？」

「はい。旦那様はヨハン坊っちゃまにフェルザー家を任せるとおっしゃって、このマントを置いていかれたのです」

「なぜだセバス。今、ユリアーナと共にいるのはアロイスだと……」

冒険者らしい、シンプルな作りのマントだ。

これは、父上がユリアーナにつける護衛を探すため、冒険者アロイスとして動いていた時に身につけていたもの。

内側には『姿変えの魔法陣』が刻まれているはずなのだが。

「魔法陣が、無い？」

「お気づきですか」

「当たり前だ。陣が刻まれていた部分が、このように削《けず》られていれば誰でも気づく」

しかし、なぜ魔法陣を削り取ってしまったのか。まさか……いや、そんな無謀なことを父上がするだろうか。

「ペンドラゴン様が、こちらのマントを確認したところ、どこかに移し替えたのだろうとおっしゃっておりました」

「そうか」

震える手でマントを置いた私は深呼吸をし、真《ま》っ直《す》ぐにセバスを見て再度問いかける。

「それで、父上は戻ってくるのか？」

「私のことはご存じでした。ですが、ヨハン様のことはお名前を知っていても、息子だという認識はしておられぬようでした」

「まさか……父上は禁呪《きんじゅ》に手を出したのか？」

一般的に使われる魔法を、魔法陣として組み込むことはよくあることだ。

しかし、元々魔法陣として構築されたものは普通の魔法とは違う。無機物に組み込み「陣」として起動させないと「不具合」が起きる。

不完全な魔法陣を起動させた場合、発動しないだけで問題はない。

しかし、その魔法陣が完成されたものであり、なおかつ無機物以外の「何か」に刻まれたものから発動された場合、たとえ成功したとしても何が起こるかわからない。

「ユリアーナ様が屋敷を出られたことを知った旦那様は、しばらく執務室から出られませんでした。そして次に私を呼ばれた時、『私という存在は、もう必要ないようだ。フェルザー家はヨハンに任せる』とおっしゃったのです」

「……そうか」

大きく息を吐いた私は、手に持っていたマントを机にそっと置く。

それほどまでに、父上は……。

「すべてを捨て、ユリアーナを選びましたか。父上」

マントに色濃く残るのは、父上の魔力。

かなり多くの魔力を使用したのだろう。

「いかがいたしますか？」

「ペンドラゴン殿が行かれたのだろう。あの方からの連絡を待つことにする」

「さようでございますか」

「それに、今回のことで父上には提案したいことがあった。戻られたら話があると伝えてくれ」

「……かしこまりました」

父上が、いつ戻るかはわからない。それでも、なぜか戻るだろうと確信している。

セバスも同じ気持ちなのか、特に意見することはないようだ。

「さて、王宮への出仕《しゅっし》もせねばな」

「それはそれは……きっとマリク様が喜ばれるでしょう」

「父上がいてもいなくても、マリク殿は苦労しているだろうがな」

そして、父上が抜けた穴のせいで、ご苦労されている国王陛下《へいか》のことも気にかかる。

どうか早く帰ってきてほしい。

せめて学園総会の決算前までには。

……そうか。総会の奴らを呼べばいいのか。面倒な雑務は全部やってもらうとしよう。

「坊っちゃま、悪い顔をなさってますよ。旦那様そっくりです」

「坊っちゃまはやめろ」

父上そっくりという誉め言葉だけは受け取っておく。

56　若かりし頃の父を知る幼女

完・全・復・活!!

謎の薬（スムージー？）のおかげか、熱が下がり絶好調の私です。

魔法陣付きポンチョを身につけ、美女に変身した私に死角はない!!

……ごめんなさい、美女は言いすぎました。

食堂の一階に移動した私たちが寛《くつろ》いでいると、入り口に派手な虹色が現れた。

「おししょー!!」

「おう、戻ったぞ」

シュタタタッと駆け寄った私は、お師匠様の羽毛マントではなく、いい匂いはすれど薄い胸板に飛び込むこととなる。

「はうっ！」

「……土産がある」

ああ、お師匠様の羽毛マントにダイブする予定だったのに、なぜかアロイス君に抱きつくことになってしまった無念なり。

そのままアロイス君に抱き上げられ、流れるような動作でひざ抱っこ状態になる私。

さらに絶妙なタイミングで口に放り込まれる甘いお菓子。

もぐもぐおいしいなこれ。

「ユーリはペンドラゴンの弟子だったのか」

「あ、うん、そうだよ」

「なるほど。その魔力ならば納得だ」

「えへへ」

アロイス君はお師匠様を知っているんだね。お土産のお菓子おいしいですもぐもぐ。

私とアロイス君を交互に見たお師匠様は、こめかみに指をあてながら話し出す。

「お前ら、アロイスについてどこまで知っている？」

「槍が得意、フェルザー家の末席、侯爵サマにそっくり」

「無意識にユーリちゃんを甘やかすところも侯爵様に似てますね」

オルフェウス君とティアが交互に言ってるけど、そんなにアロイス君とお父様は似ているかな？

まぁ、似ているけどね。匂いもそっくりだし。

なぜ自分のことを言われているのか分からないアロイス君は、お師匠様たちの会話を流すことにしたみたい。ひたすら私の口にお菓子を運ぶ簡単なお仕事をしているもぐもぐ。

「アロイスを見て違和感はないか？」

「さっきも話していたんだけどよ、コイツ、剣は使わないとか言ってたんだ。前は貴族は武器を選ばぬものだーとか言ってたのに」

「前とは、いつのことだ？」

「俺が侯爵家に雇われる前だな。そん時、何度か魔獣退治で一緒になった」

「私は今回の件で初めてアロイスさんに会ったので、違和感は特にないですよ」

はいはい、私も初めてなので特に何もないですよもぐもぐ。

ただ、初顔合わせであまりにもお父様なのに知らない子扱いされて、ギャン泣きしたのは申し訳ないなって思ってますもぐもぐ。

このお菓子、いつまで食べていればいいのかな？

「アロイスと部屋は一緒か？」

「おう。公衆浴場も一緒に行ったぞ。前は頑《かたく》なに断られたけどな」

「なるほどな」

そう言ったお師匠様は、私をひょいと抱き上げるとオルフェウス君に向け、ぽーんと投げ渡す。

くるくるシュタッとオルリーダーの膝《ひざ》に着地する私。いや、ひとりで座れますってばもぐもぐ。

「ちょっと失礼」

「もぐっ!?」

「きゃっ!!」

ちょっとお師匠様！　レディたちの前でなんてことを！

突然服を脱がされたアロイス君は上半身裸の状態にされ、無表情のままだけど目だけ丸くなっている。冷静沈着な彼も、さすがに驚いたみたい。

「ああ、背中にあったのか。魔法陣は」

「……何をする」

「お前、気づいてないのか？」

水の魔力を動かして鏡を作ったお師匠様は、もうひとつ鏡を作ってアロイス君自身の背中を映す。

そこにあったのは、まだ発展途上の背中の筋肉と、火傷《やけど》のように刻まれた魔法陣で……。


はい、ふたたび宿のお部屋にいるユリアーナです。

今回はオルフェウス君とアロイス君の「男子部屋」にお邪魔しています。

え？　のんびりしている場合か、ですって？

「おい、もう泣くなよ。アロイスは痛くないって言ってんだから。なぁ？」

「……うむ。痛くはない」

「でも、で、でもぉぉぉぉ」

泣いている私を、オルフェウス君とアロイス君が交互に撫でてくれる。

でもさ、あれさ、めっちゃ痛そうだったしさ。

すると、お師匠様が静かに私に話しかける。

「嬢ちゃん、あくまでも俺の考えだが聞くか？」

「う？」

「まず、アロイスはランベルトだ。ここまではいいか？」

「え、よくないよ。なんで……」

「なんで嬢ちゃんのことを憶えてないのかって話だろう？」

「うん」

ティアに涙と鼻水を拭かれながら、私はお師匠様を見上げる。

お師匠様は皆をベッドに座らせると、魔法で黒板のようなものを作り出した。

「はい注目。混乱しつつあるから、俺の考えを整理するためにまとめるぞ。まず、アロイスの背中についているのは『逆成長の魔法陣』だ」

ティアが首を傾げる。

「ユーリちゃんがつけてる……ええと、成長の逆ということですか？」

「その通りだ。神官なら分かるだろう？　回復魔法と呼ばれるものに近い作用があるからな」

「若返る魔法陣じゃないのか？」

「そんなものはない。元々この魔法陣は『人間の体を最盛期《さいせいき》にまで活性化させる』ものなんだ。それを俺が逆になるよう陣を作り変えた」

「は？　それじゃ、アロイスは弱いってことか？」

「そうだ。ランベルトを逆に成長させないと、アロイスにはならない。あの男は常に最盛期だからな」

常に最盛期って、お父様の成長がいまだに続いてるってこと？　それってすごすぎやしませんかね？

「お師匠様、なんでアロイス君になったお父様は私をおぼえてないの？」

「ここからは俺の考えになるが……魔法陣を人体に直接刻んだ例は過去にもある。それらは禁呪と呼ばれるものだ。なぜなら、何が起こるかわからない上に、解除する術が見つからないからだ」

「お父様は禁呪のせいで、記憶に影響が……？」

「もしや、弱体化というのは、記憶というよりも脳に影響があるということでしょうか？」

「かもな。あくまでも仮定の話だ」

考えながら言う私とティアに、真剣な顔で頷くお師匠様。

当人のアロイス君は、話を聞いているようだけど反応が見られない。これ、もしかしたら魔法陣の影響なのかな？　お菓子の追加を持ってこようとして、オルフェウス君に止められているけど、もうお腹いっぱいだからいらないです。

「俺はランベルトに依頼されて、マントに魔法陣を描いた。その後アロイスになったランベルトは、俺やフェルザー家の執事、それにオルフェウスと会っている」

魔法の黒板に、アロイス君が記憶している人物、いない人物の名前を書いていく。

私とティアの名前と一緒に、お兄様の名前も書かれていた。

「ヨハンお兄様も？」

「坊っちゃんは『アロイス』の姿を見たことがないと言っていたからな」

次に黒板に書かれてたのは、若い頃のランベルトという項目だ。

「アロイスはランベルトの若い頃と同じ特徴がある。フェルザー家の末席で槍が得意、将来は英雄になるだろうって昔から領内では有名だった」

『昔から有名？』

一斉にアロイス君を見る私たち。

「お前たちが生まれる前になるか……ランベルト・フェルザーが、アロイス・フェルザーという名だった頃の話だ」

57　検証に検証を重ねる幼女たち

アロイス・フェルザーは、由緒正しきフェルザー家の末席にいた。

それは彼の父親が先の当主の末っ子で、さらに言えば冒険者として世界を旅する道楽者と爪弾《つまはじ》きにされていたからだ。

冒険者仲間の母と出会い、生まれた子どもがアロイスである。

彼は自分の立ち位置に満足していた。

貴族という堅苦しい縛りもなく、旅をしている両親から早いうちに離れることになってしまったが、優秀な彼は優秀な冒険者として活躍できていた。

しかし、冒険者として活躍した彼は、ふたたび貴族の家に縛られることとなる。

「先代の当主……アロイスの祖父にあたる人が、彼の能力を知って呼び戻したんだ」

「お父様の氷の魔力？」

「ああ。アロイスの父親を含め、当主の息子たちは誰も氷の魔力を使えなかった。暫定《ざんてい》として長男を後継者にすると定めていたんだが、氷の魔力が使えることが分かりアロイスを後継者としたんだ」

「なるほどなぁ」

お父様の若かりし頃を語るお師匠様に、オルフェウス君が頷いている。アロイス君が前と違う理由を、やっと納得できたみたい。

すると、ティアが不思議そうに問う。

「よくアロイスさんは家に戻りましたね。せっかく冒険者として活躍されていたのに」

「アイツは責任感が強いからな。フェルザー家の役割を知って家に戻ったんだ。それに当主は馬鹿じゃ務まらんから、文句を言ってた奴らは排除されていたし、本家に来てもわりと自由にやっていたぞ」

つまり、末席とは言え優秀な冒険者の両親と、その息子を馬鹿にしていた親戚はポイッてされちゃったのね。

どうポイッとされたのかは、聞かないでおこう。

「アロイスは有名になりすぎていた。そこで、アロイスの弟のランベルトが出てくるってわけだ」

「弟って？」

「存在しない弟を仕立て上げるために、先代当主は先代国王をちょいちょいとつついたんだろうな」

ほほう。先代も今代も、国王陛下はフェルザー家につつかれる宿命とは。

ところで……。

「お父様は、いつ戻るの？」

「それなんだよなぁ。困っているんだよねぇ」

ふたたびアロイス君にひざ抱っこをされた私は、今度は優しく背中をぽんぽんされている。

やめて寝ちゃうから。

「顔合わせの時は興味ないみたいだったのに、やたらユーリを溺愛《できあい》しているよな」

「口調は厳しい感じですけど、行動がともなっていませんね」

呆れ顔のオルフェウス君とティア。

だけど、お師匠様は二人の言葉を聞いて顔を輝かせる。

「それはいい兆候《ちょうこう》だ！　アロイスだった頃のランベルトなら、幼女……女の子を構うなんて有り得ないからな！」

そうですよ、お師匠様。

今の私は幼女ではなく少女です。

「なぁ、これが若い時の侯爵サマなら、放っておけば成長してユーリの『お父様』になるんじゃないか？」

「それは違う。彼にかかっている魔法陣は『逆成長』だ。体に直接刻まれた魔法陣は、常に彼の魔力を吸って『逆成長』させている」

「おい、それって……」

「お父様に抱きついた時の厚い胸板も、ひざ抱っこで驚異の安定感を誇る逞《たくま》しい太ももと年齢を重ねたことにより醸《かも》し出す色香も、全部なくなっちゃうってこと⁉」

「そう、なる、か？」

「お、おう、そうだな」

「ユーリちゃん、本当にお父様大好きっ子なのですね」

戸惑うお師匠様とオルフェウスの横で、あらあらうふふと微笑むティア。

そして膝にのせている私を、後ろからぎゅっと抱きしめるアロイス君。

「……これじゃ、ダメか？」

俺じゃダメか、みたいなやつするのやめてー‼

発展途上の薄っぺらな筋肉量じゃ、ぜんぜん足りないのよー‼

さて。

すっかりポンコツになったお父様をどうにかすべく、私たちは色々な手段を試すことにした。

「とりあえずティア、傷跡みたいで痛そうだから、回復してもらうことはできる？」

「傷ならば効くとは思いますが……」

祈るように両手を組んだティア。

周囲が神聖な光に満ちたところで、お父様の背中にある魔法陣が消えていく。

「あの、アロイスさんはずっと上半身裸なのですか？」

「しょうがないの。魔法陣を確認しないとなんだから」

それに、あんな薄っぺらな筋肉を見て、誰が反応するっていうのよ。

検証するのは宿の部屋だし、別にいいと思うんだけど。

……あ、ティアの顔が赤い。ごめん、ティアは清純乙女なんだね。

「まさかティア……」

「違いますよ！　私の好みは、もっとずっと大人の男性ですから！」

「まさか……お父様⁉」

「違います！　もっと上です！」

ほほう。お父様より、もっと上ということは……。

「ユーリ、それはいいからアロイスを見てみろ」

お師匠様の言葉に、アロイス君を見てみれば……。

「……ここは？」

お腹に響くようなバリトンボイス。

鍛え抜かれた肉体に、バランス良くしっかりとついた筋肉。

立ち姿だけでも、体が震えるくらいに感じられる威厳《いげん》。

そして、私を見るアイスブルーの瞳は……。

「あ、戻っちゃったか」

一瞬だけお父様の姿が見えたと思ったら、すぐアロイス君に戻ってしまった。

ぐぬぬ魔法陣め。（お師匠様作）

アロイス君の背中にある魔法陣は消える前と同じ、くっきりと出ている。ちくしょう。

「やはり、魔法陣《これ》は、傷じゃないということですね」

「それでも神官の回復魔法で、一瞬だが戻ったのは良いことだ」

部屋の中に広げている、たくさんの紙にメモをしているお師匠様。いらないメモはないというから、これをどう片付けたらいいのやら。

「ねぇねぇ、ティアは解呪《かいじゅ》の魔法できる？」

「できますが、魔法陣は呪いではないので効果はないかと。一応、試してみますね」

「そっかぁ」

がくりと肩を落とす私を、すかさずアロイス君が抱き上げて背中をぽんぽんしてくれる。

なんかもう疲れて寝ちゃいそう。何もしていないけど。

「あれ？　そういえば、オルリーダーは？」

「魔法陣を無効にするアイテムがないか、情報を集めてもらっている。フェルザー家の影が動いているだろうし、ギルドに行けば情報を受け取れるってな」

「それじゃ、私たちは？」

「思いつく限り、アロイスがランベルトに戻るだろう手段をぶつけていくしかないな」

「思いつく限り……」

「この魔法陣で死ぬことはないだろうが……逆成長ってところが気にかかる。早くなんとかしないと、ランベルトどころかアロイスも危ないかもしれない」

な、なんだってーっ!?　そんなの絶対に嫌だ!!　嫌だよ!!

お父様のバカー!!

58　キレる幼女は垣間見《かいまみ》せる

今回の旅は、ティアの武者修行だ。

お父様の進捗《しんちょく》はよろしくないし、それなら魔獣退治でストレス発散しちゃおうってことになった私たちのパーティ。

ただいま、絶賛？　戦闘中です。

「ティア、補助を頼む！」

「はい！」

ティアの神官としての能力は高い。なぜなら神官の父親に幼い頃から仕込まれた、補助や回復の魔法があるからだ。

彼女は攻撃に参加できなくても、そこにいるというだけで心強い存在になる。

そして私は、相変わらず後衛《ティア》の後衛《うしろ》にいる。

「私も魔法を……」

「動くな」

槍を片手に、颯爽と私の前に立つアロイス君。

「おい！　勝手に後ろに引っ込むな！」

「……後ろが手薄だ」

「前衛が手薄になったら、全滅するだろが！」

「お前なら一人でもいけるだろう？」

「そう！　いう！　問題じゃ！　ねぇっつの!!」

一言ずつ区切って叫ぶたびに、オルフェウス君の振るう剣が魔獣を切り裂いていく。

リザードと呼ばれるトカゲ型の魔獣は防御力が高く、一刀両断というわけにはいかない。さすがのオルフェウス君でも、前衛一人というのは辛い状況だろう。

アロイス君のマントを掴《つか》んで、軽く引っ張る。

「リーダー大変そうだから、助けてあげて？」

「……わかった」

「ユーリの言葉は聞くのかよ！」

王都から北に進むと、通称「竜の山脈」と呼ばれる場所がある。

まるで竜がうねるような山脈が続いているから……という理由ではなく、実際に竜が住んでいたりするのだ。

人の言葉を解する彼らは、たまに暴れたりするものの、わりと穏やかに暮らしているっぽい。

強い種族がいる場所だからか、山の麓《ふもと》では他の地域よりも比較的強い魔獣が生息している。

ティアの父親曰《いわ》く、「武者修行には最適でショ♡」とのことだけど、ムキムキな肉体のイメージが強すぎて神官の修行だということを忘れてしまいそうになるよね。

ティアがムキムキにならないように、しっかりと見張っていないと……。

それはともかく、アロイス君の（過保護発動の）せいで戦いが長引いている。

ティアの補助魔法があるとはいえ早く終わらせた方がいいだろう。

「私だって、戦えるもん！」

周囲に漂う魔力の色をいくつかチョイスして、指先をチョチョイのチョイと動かして起動するのは攻撃魔法。

火と風と、ほんのり水を合わせたオリジナル魔法だ。

オリジナル魔法は、起動するのに自作の呪文をつけたがる人が多いらしい。でも、お師匠様は無言が多い。恥ずかしいんだって。

え？　私？　やだなぁ、恥ずかしいに決まってるでしょ。

でも、呪文がないとコントロールが難しくなるから、何となく気合で頑張ってるよ。

「ほいさーっ!!」

すぽぽぽんと破裂音と共に、倒れていく魔獣たち。

音からして威力が無さそうに見えるけど、この魔法は音で体の内部にダメージを与えていくのだ。

（ばばーん）

「これ、結構えげつないな」

「さすがユーリちゃんですね」

「ふふん、あのペンドラゴンお師匠様の弟子ですからね！　これくらいはできふぉっ⁉」

突然後ろからニュッと伸びた両腕に捕まり、ひょいと抱き上げられて変な声が出る私。

「……怪我は、ないか」

「後ろにいるんだから、何もないよ！」

お父様の記憶も経験もないのに、アロイス君は過保護を発動してくる。ぐぬぬ。

「あんだけ『お父様大好き』だったユーリなのに、まずいもんでも食ったみたいな顔するとか。くっ、笑えてくるな。ぷぷっ」

「笑ったらダメですよ。ユーリちゃんにとって、アロイスさんと侯爵様は違う存在《もの》なのでしょう」

ティアには、定期的に魔法陣に回復魔法をかけてもらってる。

でも、あの時みたいに一瞬だけお父様に戻ることもないし、体に刻まれた魔法陣が消えることはない。

「そういや、ユーリのお師匠様と茶色の毛玉は、いつ頃戻るんだ？」

「お師匠様は夜には戻るって。モモンガさんは精霊の森だから、時間がかかるかもしれない」

王宮に保管してある本に、持ち出し禁止の「禁呪」について書かれたものがあるそうだ。

お師匠様くらいになれば出入り自由だけど、いかんせんお父様と同じ症例？　が書かれた本が見つかるかどうか……。

モモンガさんは精霊界に置いてある自分の力を一部解放してくると言って、獣人《じゅうじん》さんたちの住む森へ向かった。

森の居住区の奥は精霊の森につながっている。そこに精霊界への入り口があるそうな。いつも首元にあるモフモフがないと、ちょっと寒くて寂しい。

「はぁ……」

「どうした？　お前に降りかかる憂《うれ》いの全て、この槍で屠《ほふ》ってやろう」

「お前だ、お前」

「憂いの全ての原因が、アロイスさんですからね」

「はぁ……」

無表情のまま口説き文句もどきを発するアロイス君。それにツッコミを入れるオルフェウス君に、あらあらウフフと微笑むティア。

疲れることをしていないはずなのに、やけに重い体を引きずるようにして（私はアロイス君に抱っこされて）宿に戻ると、食堂で優雅にお茶をしているお師匠様がいた。

「おししょー！」

「相変わらず甘やかされてるなぁ、嬢ちゃん」

「不本意です！」

「うむ、難しい言葉を知っているのだな」

アロイス君に撫でられている私を呆れたように見たお師匠様は、一冊の本をテーブルに置く。

「お、何だそれ」

「何か分かったのですか？」

オルフェウス君とティアがお師匠様の前に並んで座り、私はお師匠様の隣に座るアロイス君の膝に座らされる。

体は大きくなっているから、今の私はひとりでも座れる。しかし、この世界の椅子やテーブルは大きい。

そう、私が小さいんじゃなく家具が大きいのだ。

テーブルの上でお師匠様が広げた本のページを、アロイス君を除く全員が覗《のぞ》き込む。

「ここにある、刻まれた魔法陣を無効化する方法だ」

「おお、これ……は……」

「刻まれた対象物を紙や布ならば燃やし、石ならば粉砕するとありますね」

「燃やして粉砕」

グッと握りこぶしを作ったところで「ユーリちゃん落ち着いて」とティアにお菓子をもらう。

はい。お菓子食べて落ち着きますもぐもぐうまー。

「そこじゃなくて、こっちだよ。こっち」

見ているところが違っていたみたい。危ない危ない。

そこには自ら魔法陣を体に刻み込んだ人が、自力でそれを解いた方法が書かれていた。

「この男は、どうしても猫になってみたかったらしい。姿を変える魔法陣を自分に刻み込んだ」

「何でそんなことしたんだ？」

「男が片思いをしている相手が猫好きで、猫なら愛されるって思ったらしいぞ」

「あらあら、それは浅はかですね」

私は黙ったままでいる。

娘が家出したからと自分の姿を変え、記憶を捨ててまで魔法陣を体に刻んだ人間を知っているからだ。

「そいつ、どうやって戻ったんだ？」

「男は戻るために必要な言葉を、あらかじめ魔法陣に設定していた。その言葉を女性が発したため、元の姿に戻ることができたと書いてある」

「言葉……ですか？」

「この男の場合は、な」

「侯爵サマが元に戻る設定をしているとは、限らないってことかよ」

「そういうこと」

アロイス君を見上げれば、アイスブルーの瞳が私を見返す。

どうした？　といった様子の彼に何だかイライラしてきて、その整った顔をわしっと両手で掴む。

「む？」

「ベルお父様の、バカ!!」

おでこに触れる、柔らかい感触。

「ユリアーナ、泣いているのか？」

ぶわっと広がる、大好きな匂い。

そして私を包み込む、逞しく力強い腕。

「ベルとう……さま？」

振り返れば、キョトンとした顔のアロイス君。

「またかよ!!」

「今、一瞬だけ侯爵様が？」

え？　オルフェウス君とティアは見たの？

ずるい!!　私は見れなかったのに!!

「なるほどなぁ。そういうことか」

訳知り顔で頷くお師匠様。

も、もしかして何か分かったの!?　マジで!?

早く教えてお師匠様ーっ!!

59　戻ってきた幼女の本気泣き

「ランベルトが魔法陣の解除に何を設定していたのかは分からない。だが、今のでいくつか分かったことがある。ひとつは嬢ちゃんの強い感情で魔法陣に変化が起きること。もうひとつは……」

テーブルにあるクッキーを手に取ったお師匠様が、私の口元に持ってくる。

条件反射でパクリと食べたところ、後ろから冷たい空気がぶわっと出てきた。

「ほら、な？」

な？　って何が？　急に寒くなったことが？

それはともかく、このクッキーなかなかおいしいですねもぐもぐ。

「魔力が漏《も》れてますね」

「アロイスの感情の変化も関係するってことか？」

「そう、なんだけどねぇ……」

そう言いながら、私を残念な子のように見るお師匠様。

「仮にもペンドラゴンの弟子なんだから、今の流れを理解していない、なんてことはないよなぁ？」

「もちろんです、お師匠様！　つまり、私がクッキーを食べるとアロイスなお父様が反応をするってことですよね！」

ビシッと手を挙げて、ハキハキと答える私。

「そうじゃねぇだろ」

ビシッとツッコミを入れるオルフェウス君。

「不思議ですね。前のユーリちゃんは、もう少しだけしっかりとしていたような気がするのですが」

「ランベルトが甘やかしたんだろうねぇ」

パチンと、頭の中で何か弾けるような音がした。

ちょっと待って。

なんか私、最近ヘタレすぎてない？

最初、この世界で「私」という自我が芽生えた時は、もっと色々考えて行動していたような気がする。

前世で書いた自分の小説と似通《にかよ》った世界。

その中でも、不幸な生い立ちを持つキャラクターであるユリアーナ。

だがしかし。

私が『ユリアーナ』だと自覚してから、お父様もお兄様も優しい人だし、周りの人たちも設定とは違う行動をしている。

あげくの果てには、お父様が禁呪に手を出す始末……。

急にクリアになった頭をフル回転させていると、お師匠様がやれやれといった様子で私を見る。

「よく思い出してみろ、嬢ちゃんが、なぜ家を出たのかを」

家を出たのは、お父様に再婚の話があったから。

お父様と血のつながりのない私は、あの家に不要だと思ったから。

オルフェウス君も冒険者に戻るって話だったし、ちょうどいいと思って……。

あれ？　なんでちょうどいいと思ったんだろう？

そうだ。

前世の私が書いた小説だと、ユリアーナはオルフェウス君と一緒に行動していたからだ。

イレギュラーなことが起こっているわけじゃない。私という異分子がイレギュラーを引き起こしているんだと思った。

ならば、今の状況も私が引き起こしたもの、ということだ。

「お師匠様、明日お父様……アロイスさんと二人で出かけてくる」

「町の外に？」

「うん」

反対されるかと思ったけど、お師匠様は「そうか」とだけ言って頷いてくれた。

「オルリーダー、ティア、急にわがまま言ってごめんね」

「まぁ、アロイスがいれば大丈夫だとは思うけど、無理すんなよ」

「ユーリちゃん、気をつけてくださいね」

「わかった」

キリッとした顔で力強く返した私は、テーブルにある最後のクッキーを口に放り込んだ。

そして翌朝。

モモンガさんが戻ったら一緒に行こうと思ったけど、まだみたいだからアロイス君と二人きりで町の外に出る。

恥ずかしいのもあるけれど、いざという時にアロイス君の両手が使えないと困るから、抱っこはもちろん拒否の方向で。

「疲れたか？」

「まだ町を出たばかりだけど」

そわそわしているアロイス君を見て、私は内心ほくそ笑む。

思った通り、冷静沈着な彼が動揺しまくっている。

「しかし、横で私の一歩を二歩半で歩かれていると落ち着かない」

「……身長差だから、そこは諦めて」

私の脚が短い訳ではなく、あくまでも身長の差だと強調しておく。

魔力で索敵の網を周囲に広げつつ、ゆっくり歩くアロイス君の横で小走りしている私。

「疲れたか？」

「前方に敵発見」

まだ安全な場所にいるけれど、あまりにもアロイス君が構ってくるので魔獣さんにお相手をしてもらうことにした。

伝えた瞬間、背中にある槍を手にとったアロイス君から濃密な魔力が流れ出し、索敵の網にかかっていた魔獣の気配が消える。

「よく捉えたな」

「遠距離攻撃もできるの？」

「ユーリから離れず攻撃しようとしたら出来た」

「……そっかぁ」

うーむ……こんな平穏な道中だと、私どころか、アロイス君の感情も動かせないのでは……。

いや、ちょっと待って。

「出来たの？　遠距離攻撃」

「そうだが？」

それがどうしたと言わんばかりの表情で、私を見るアロイス君。

どうしたもこうしたもないよ。おかしいでしょ。

「出来るなら、昨日やれば良かったのに……」

「今出来たことだ」

「じゃあ、氷のお菓子作ってって言ったら、今すぐ出来るの？」

「作ったことはないが、欲しいのか？」

「うん」

「ならば作ろう」

お師匠様が言ってた。

新しい魔法を作り出すことは可能だけれど、何度もトライ＆エラーをして完成させるものだって。

稀《まれ》に「あれ？　やっちゃいました？」みたいに出来ることはあっても、まったく同じ魔法を発動させることは難しいと思われる。

そうは言っても、さっきの攻撃は前に見せてくれた『氷槍』の遠距離バージョンだと思うけどさ。

「あ、そうだ！　魔獣が何か落としているかも！」

紡《つむ》いだ魔力を発動させた私は、倒された魔獣のところまでぽいーんと飛ぶ。

活動停止になった魔獣は、しばらくすれば黒い塵となるのだけど、まれに魔石《ませき》と言う核の部分を残すことがある。

北の魔獣は強いから、きっと何かあるはず……。

「ユーリ!!」

塵となっているはずの魔獣から、一気に黒いものが膨《ふく》れ上がる。

アロイス君の声で、ギリギリそれをかわしたけれど、ポンチョのフード部分が引っかかって切り裂かれてしまう。

「しまっ、ふぉっ、まほうじんがっ!!」

最後の攻撃だったのか、魔獣から出た黒いものはそのまま塵となり霧散《むさん》した。

だけど……。

「ああ、からだが、ちいさくなっちゃうぅ」

そして攻撃を避けたため、浮いた体が地面に叩きつけられ……なかった。

「ユリアーナ」

お腹に響くバリトンボイスで名を呼ばれて。

勢いよく飛ばされた私を、軽々と受け止める鍛え抜かれた肉体。

そして何よりも、ふわりと漂う大大大好きな匂い。

「ベル、とうしゃま?」

本当にお父様なの?

そんなに強くギュってされたら、誰だか分からないよ?

「ユリアーナ」

分からないなんて、嘘。

この感触《きんにく》は、絶対にお父様だ。

「ベルとうしゃまぁぁ……ふっ、ふにゃ……にゃあああああああああ」

お父様の、ばかああああああ!!

60 断固拒否したい幼女

「さて、説明してもらおうか」

「……何をだ?」

「何をだ? じゃないだろう! お前、禁呪なんか使いやがって!」

食堂のテーブルを叩いて声を張り上げるお師匠様。

泣き疲れてぼんやりしていた私は、大きな声に驚いてびくりと体を動かすと、優しく背中をぽんぽんしてくれるお父様。

「やめろ。ユリアーナが怖がる」

「元はといえば、お前のせいだろうが！」

そう返しながらも私の方をチラリと見るお師匠様。

大丈夫ですよお師匠様。怖がってはいないですよ。驚いただけです。

あの時、成長の魔法陣が解けてしまった私は少女から幼女に、そしてお父様はアロイスからランベルトに姿を戻した。

号泣する私を抱えて町まで戻ったお父様は、真っ直ぐに拠点《きょてん》としている宿屋に向かった。

そこでちょうど食堂にいたお師匠様たちに、事情説明を（主にお父様が）することになったのだけど……説明というか聴取といった感じになっている。

「まぁ、戻って良かったんじゃねぇの？」

「侯爵様のことをユーリ……ユリちゃんは、とても心配してましたからね」

「……そうか」

投げやりな態度のオルフェウス君と優しく微笑むティアとの対比がすごい。

相変わらずの眉間《みけん》にシワを寄せているお父様だけど、ティアの言葉に目尻がほんのり赤くなったからもしかしたら嬉しいのかな。

ところで、そろそろ膝抱っこから解放してほしいのですが。

「で？　どこまで残っている？」

「……何がだ？」

「アロイスの時の記憶」

「おぼろげな部分もあるが、ユリアーナと会ってからの記憶は鮮明だ」

お師匠様の問いかけに対し、さらりと恥ずかしい言葉を返すお父様。

「すんげぇ執念だな」

「オルさん、侯爵様に失礼ですよ」

「元、だろ？　それに今は雇い主じゃねぇし」

「それはそうですけど……」

オルフェウス君の無礼な態度をティアが注意していると、お師匠様がパタパタと手を振ってみせる。

「気にしなくてもいい。そいつの言うとおりランベルトは『元』侯爵様だからな」

「それでも、年上の方に対して失礼ですよ」

「へいへい、気をつけますよー」

プイっとそっぽを向くオルフェウス君に、苦笑するお師匠様。

そして、お父様を見て目を細める。

「お前、まだ魔力の流れがおかしいな。背中に引きずられているだろ」

「え⁉」

お師匠様の言葉に、ふわふわしていた私の頭がシャッキリとする。

背中に魔力が流れている……ということは⁉

お膝抱っこから逃れた私は、ヤモリのようにお父様の背中へカサカサと移動する。

そして上着をペロンとめくってふおおおお逞しいお背中がああああ。

「落ち着け嬢ちゃん」

「あい」

お師匠様に言われ、すん、となる私。

そして、もう一度しっかりと見る。

昨日まで火傷のように痛々しく浮かび上がっていたそれは、前に見た時よりも薄いけど……。

「おししょ、まほうじんがあります」

「まだ解けてないのかぁ」

お師匠様は、がっくりと肩を落とす。

子育てもあるのに、連日王宮やら何やらで禁呪について調べているから、かなり疲労も溜まっているのかもしれない。

自分の背中にいる私を、どうやったのか瞬時にお膝抱っこへと戻すお父様。

「ベルとうしゃま、ユリアーナは、ひとりでもだいじょうぶですよ？」

「すまないユリアーナ。禁呪の影響で、お前を離すことができないのだ」

「ふぇ？」

「は？」

お父様の衝撃的な発言に、頭を抱えていたお師匠様も食いつく。

「この身に魔法陣を刻んだ時、ユリアーナに求められることを望んでいた」

「まさかお前……嬢ちゃんが物理的にくっついていることが、その『求められていることになる』なんて言わないよな……？」

「……」

無言のお父様を見たお師匠様は「アーッ!!」と叫んで、またしても頭を抱えている。

私だって頭を抱えたい！　ずっとくっついているなんて無理だよ！

「むりです！　おふろとか、トイレもあるし！」

「……ちょっと待て。嬢ちゃんは、それ以外なら物理的にくっついてもいいって言うのか？」

「だってこれは、ベルとうしゃまに、あいされてるから、でしょ？」

お師匠様のツッコミに対し、モジモジとしながら答える私。

さすがにもうお父様が私のことを、あ、あ、愛してくれているって、思ってもいいよね？　ね？

すると、冷たい空気が流れてくる。

「愛、だと？」

ひぇっ、お父様の怖い顔が!!　怖い顔があああああ!!

「落ち着けランベルト。誰がどう見ても、お前は嬢ちゃんを溺愛しているとしか思えないぞ」

「馬鹿を言うな！」

氷点下数十度の目になるお父様に、私は絶望を感じる。

まさか、嫌いとか？

私《ユリアーナ》を否定されたら私は……私はどうしたら……!!

「ベル……とうしゃま……？」

「愛などとは生ぬるい。私にとってユリアーナは『唯一』であり『すべて』だ。異論は認めん」

『は？』

お師匠様の目が点になり、オルフェウス君は思いきりむせていて、ティアは笑顔のまま固まっている。

え？　私ですか？

お父様の膝の上で白目剥《む》いてますが、何か？

「アロイスの姿であれば、年齢的にも近くで見守ることができるだろうと思った。しかし、ユリアーナが私を求めるということなれば、やぶさかではない」

「何を言っているんだお前は」

本当だよ!!　音速でツッコミを入れるお師匠様に激しく同意するよ!!

その「やぶさかではない」ことにより、元の姿に戻ってくれたのは良かったけれども!!

「また魔法陣が起動してもいいが、アロイスの姿ではランベルトの記憶が引き継げないのが困るな」

「待て、お前の背にある魔法陣で姿を変えるのは危険だ。ちょっと待て、方法を考えるから」

今日で何度目になるか、頭を抱えるお師匠様に、ティアが手をポンと叩く。

「それなら、ユリちゃんと同じ大きさの人形を作ってみては？　それなら、ユリちゃんを抱っこしている気持ちになれそうですし」

「ぶはっ、ティア、それはひどすぎだろっ」

「……いいかもな。それ、やってみる価値はあるぞ」

いやいやちょっと待ってお師匠様。

イケメンなお父様が、常に人形を持ち歩いているとかシュールすぎやしないか？

それって大丈夫なの？　とお父様を見れば「等身大のユリアーナ人形……か」などと満更《まんざら》でもない顔をしてらっしゃった。

61　幼女は灰色を思い出す

「冗談はさておき」

あ、冗談だったんだ。

お師匠様の言葉に、やれやれといった様子のオルフェウス君。

お父様とティアは残念そうだけど、嫌だよ自分そっくりの人形を作られるなんて。

「王宮の資料室で、呪いの発動を一時的だが抑《おさ》えることができる魔法陣があった。とりあえず魔力を込めた紙に魔法陣を刻んでおくから、一回につき半刻くらいなら嬢ちゃんが離れても問題ないだろう」

「使い捨てか」

「本来は宝石や魔石に魔法陣を刻むんだ。しかしそれをするには、魔法陣を刻めるくらいの大きさがないと作れない。石を仕入れるまで時間がかかると思うぞ」

「なるほど。つまり、魔法陣を刻んだ石を人形に入れておけば……」

「ユリちゃん人形は、呪いを解く人形になるということですね！」

だから私は嫌だからね⁉　あと略して呪いの人形みたいになるから絶対に嫌だからね⁉

なぜか息ぴったりのお父様とティアを涙目で睨《にら》んでいると、オルフェウス君が深刻な顔でお師匠様に問いかける。

「なぁ、侯爵サマは呪いが完全に解けてないからポンコツなんだよな？　元々じゃねぇよな？」

「ははは、友人として見てきたが、嬢ちゃんと関わるようになったランベルトは別人のようになってしまったからなぁ。元々なのか何なのか……」

そうだった。

お父様は元々『泣く子も凍る氷の侯爵』と呼ばれて？　いたくらいの人だ。

ヨハンお兄様だって、こんなお父様を見たことないだろう。

そして、うっかり流していたけれど。お父様にとって私は「唯一」という発言。

この件に関して、いかなる対応をとっていくべきか、脳内で全ユリアーナ大会議を開催しないとダメかもしれない。

ともあれ、トイレやお風呂もお父様と一緒（はぁと）とかじゃなくて良かったよ。ふぅ。

部屋に戻ってくつろいでいると、突然お父様が立ち上がって窓を開けた。

「きゅー！（主ー！）」

「モモンガさん！」

何事かと思ったら、飛び込んできたのは茶色のモフモフモモンガさんだった。

ここから精霊の森は遠いし、もっと時間がかかると思っていたから喜びもひとしお。

あ、ティアは別の部屋を取ることになっちゃいました。ごめんねティア。

「はやかったのね！」

「きゅきゅ、きゅ！（行く時は時間がかかったが、帰りは精霊界から直接来れたからな！）」

「おお、せいれいかい、すごいね！」

「きゅ。きゅきゅきゅきゅ！（力も少し持ってきたぞ。見よ、このモフモフな毛並みを！）」

前よりモフみを増したと言い張るモモンガさんだけど、ちょっと柔らかい毛が増えた……ようにも見える。本人《モモンガさん》がそう言うなら受け取っておくべきだろう。

せっかくなので全身の毛並みを堪能させてもらっていると、お父様がモモンガさんをじっと見ている。

「確かに、力が増しているようだ」

「きゅ！　きゅきゅ！（そうだろう！　分かる者には分かるのだ！）」

得意げに鼻をピスピスと鳴らすモモンガさん。可愛らしい仕草に和むね。モフモフは癒《いや》しだね。

ふと、モモンガさんが私とお父様を交互に見て、きゅっと首を傾げる。

「きゅ、きゅきゅ？（ところで、なぜ二人はいつも以上にくっついている？）」

「それよりも、ほかにないの？」

「きゅ？（ん？）」

「ほら、ベルとうさまをみて！　もとのすがたになったんだよ！」

「きゅ。きゅきゅ（うむ。相変わらず呪《じゅ》が拗《こじ》れておるな）」

「え、モモンガさん、のろいがみえるの⁉」

モモンガさんのつぶらな瞳が、すっと細められる。

そしてぶわっと毛が膨らんだと思ったら、掌《てのひら》サイズの真っ白な子どもが現れた。

服も髪も全部真っ白だ。

ただ、瞳だけは薄い紫色をしている。

え⁉　人⁉　モモンガさんって人型になれたの⁉

「この姿ならば話せるな。主、お初にお目にかかる」

「モモンガさん？」

「うむ。あの小さな茶色の毛玉は仮の姿。本来の色は白で、人型にもなれる」

「おー！　すごい！」

モモンガさんって呼んでいいのか迷ったけど、人型は目立つからこれからも茶色のモフモフを通常モードにするそうだ。

なら今のままでいいかな。

モモンガさんの変身に、まったく動じないお父様が口を開く。

「……呪が見える、と言ったか？」

「そうだった。モモンガさん、ベルとうさまのまほうじん、みえるの？」

「見えるぞ。拗れて、絡《から》んでおるな」

「モモンガさんなら、とれる？」

「異《い》なものが混じっておるから、我は触れられぬ」

「いなもの？」

ひらがなだと分かりづらいな！

異とは、なんぞや？

「人ではない精霊でもないものの力が混じっておる」

人でも精霊でもない？　それって魔獣？　いや、魔獣ならそう言うか。

子どもの姿になっているモモンガさんは、むむっと顔をしかめてみせる。

そして目を思いきり細めている。近眼の人が遠くの文字を見るような、あの目だ。

「むぅ……やはり、よく見えぬ。匂いは同じものなのだが」

「におい？」

くんかくんかすれば、お父様のいい匂いがしてうっとりしてしまう。

すると呆れ顔のモモンガさんが、小さな手で私をたしたし叩いてきた。いたた、痛くないけど、いたた。

「そうじゃない。呪を見てもよく分からぬが、匂いは森にあった魔法陣と同じだと言っている」

「何だと⁉」

おっと、お父様が食いついてきた！

急に動くもんだから膝から転がり落ちそうになった私は、しっかとお父様の腕に包まれてことなきを得る！　この安心感たるや！

「まさか『ハイイロ』が……？」

呟いたお父様の言葉に、私は愕然《がくぜん》とする。

私が「使わなかった設定」である「ハイイロ」を、なぜお父様が知っているのか。

いや、待てよ。私はその設定は使わなかったけれど、実際世界には存在していたってこと？

小説内で描かれていない事柄でも、私の考えていた設定はバックグラウンドで動いているとしたら……。


いまはまだ、この世界に存在していない「魔王」。

それが生まれるきっかけとなるのは、誰もが持つネガティブな感情、いわゆる「黒」が世界に蔓《まん》延《えん》した時となる。

日々、人々から「黒」を集め、魔王の復活を目論《もくろ》む彼らは「魔王教」を信仰している。世界中で暗躍する悪しき集団で、次回のシリーズで出す予定だった。

私は、その信者たちを通称『ハイイロ』と呼んでいる。

62　家路につく幼女

お父様が使った禁呪に『ハイイロ』の介入《かいにゅう》があったと、モモンガさんは教えてくれた。

私の書いた小説の裏設定が、この世界でもしっかりと動いていることに気づいてしまう。

ユリアーナの父と兄は、物語の中で「敵」として出てきたキャラだ。

なぜ「敵」だったのか。

それは、ユリアーナの頼る人間を、オルフェウス君にするため。

オルフェウス君の仲間である、三人のヒロイン。その中でもユリアーナは、魔法のエキスパートとして主人公を盛り立てるキャラであり、オルフェウス君の「庇護《ひご》対象」としての役割もあった。

今、私はお父様から庇護されている。

物語のあらすじを、私はねじ曲げてしまったのだろうか。

「いつから私に『ハイイロ』が……？　もしや、屋敷に仕掛けがされていたのか？」

難しい顔で呟くお父様の肩で、人型のモモンガさんが首を傾げる。

「屋敷は我が見張っていたぞ？」

「ならば奴らを捕らえた時か……」

お父様とモモンガさんの会話が耳に入ってきた私は、ぐるぐるとした思考の海から浮上する。

やってしまったことはしょうがない。今は目の前のことを一つずつこなしていくしかないと、私は思考を切り替えることにした。

「ベルとうさま、とらえたとは？」

「ユリアーナが森で行方不明になった時、かの者たちを捕らえたのだ。氷づけにして、粉々にしてやろうとしたがマリクに止められた」

こんなことなら粉砕してやればよかったと言っているお父様。

あの、お父様、思い出し冷気はひかえめに……へっきし！（くしゃみ）

となると、タイミング的に奴らがお父様に何かするなら、森の事件の時だったと思う。

だけど、なぜ今頃になって奴らの力が、魔法陣に介入できたのだろう？

「あ、そっか」

魔王教を信仰する人たちが、何を目的として活動しているか。

奴らの望みは、もちろん魔王の復活。これ一択しかないはずだ。

そして魔王とは、負の感情を糧《かて》とする存在。だからこそ、魔王を信奉《しんぽう》する『ハイイロ』は、人々の負の感情を増幅させるよう暗躍している。

「なるほど。禁呪を使った時の私は、ユリアーナを失うかもしれないという負の感情に囚《とら》われてしまったのか」

私の考えを素早く読み取っている、安定のお父様パワーよ。

「負の感情にだけ反応する仕掛けがあるということであろうか」

「え、それって、うちだけじゃないってこと？」

「ただそこにあるだけなら害のないものが、負の感情にだけ反応するだと？　……厄介だな」

あ、苦みばしったお父様の顔、すんごくかっこいいです。

ところで、お父様にお聞きしたいことがありまして……。

「ベルとうさま、ほんをしらべたいのですが」

「本か？　屋敷の書庫にあるものならば、自由に持ち出していいぞ」

「おうきゅうは、だめですか？」

「ふむ。私が同行するならば問題ないだろう」

「ありがと！　ベルとうさま！」

「いやそれ、ただ娘と一緒にいたいだけであろう……」

呆れたようにモモンガさんが呟いていたけど、そこは私にとって重要じゃない。

むしろ一緒にいないと心配だから、お風呂とトイレ以外は一緒に行動すると決めている。

「仕方があるまい。我も手伝おう」

「ありがとう！　モモンガさん！」

お礼にモモンガさんがモモンガに戻ったら、お腹の柔らかい毛をモッフモフにしてやんよ！

「やめい！」

翌朝、宿の前でティアとオルフェウス君に平謝りする私。そんな私を抱っこしながらふんぞりかえるという、器用なことをしているお父様。

だめだよ！　ティアの護衛依頼を途中で投げ出すことになるんだから、ちゃんと謝らないと！

「ごめんね、ティア」

「いいの。ユーリ……ユリちゃんが、お父様と一緒で幸せそうなんですもの」

「ティアー!!」

ハグするためにティアの胸元へとダイブしようとしたけど、お父様にとめられてしまった。

ぐぬぬ、男の夢がたっぷり詰まっている……たゆんたゆんが遠い……!!

ティアの武者修行は、町のギルドで追加要員をゲットしてから再開するとのこと。さすがのオルリーダーも「俺ひとりで護衛するのは無理」とのことだ。

確かに人を守りながら戦うというのはすごく大変なんだなって、初めて戦闘するオルフェウス君たちを見ていて思ったよ。

うん。見ていただけですが、何か？

お父様に依頼書の内容変更をしてもらったオルフェウス君は、いつもアロイス君とやっていたように拳同士を突き合わせている。冒険者っぽくていいなぁ、それ。

「侯爵サマ、これからどうすんだ？　体のほうは大丈夫なのか？」

「私のもとにユリアーナが居てくれるのならば、二度と囚われることはない」

「いやいや、そうじゃなくてな？　ってゆか、それはお嬢サマにとってどうなんだ？」

「問題ない」

「いやダメだろ。問題だらけだろ」

オルフェウス君が華麗にツッコミを入れつつ説明しているけど、お父様は鷹揚《おうよう》に頷くだけだ。

ダメだこれ。聞いているけど聞いてないやつだ……。

お父様はアロイスとしてオルフェウス君と一緒に活動していたからか、二人の間には「気がおけない仲」という空気が流れている気がする。「男の友情」みたいなやつ、ちょっと羨《うらや》ましい。

その様子を見て苦笑するお師匠様は、お父様と私に声をかけてきた。

「じゃ、俺は先に帰っているから、お前たちは気をつけて帰れよ。屋敷に帰るまでが遠征《えんせい》だぞ」

「おしょ、おつかれさまですー」

「嬢ちゃんも、お疲れ様だったなぁ」

お父様が元の姿に戻っているから、お師匠様は少し安心したみたい。

ただこの状態を維持《いじ》するのに、私が常時くっついていなきゃいけないのが辛い。

「おおきい、ませき、さがさないと」

「ああ、そうだな。そこはフェルザー家の財力で何とかなるだろうけどな」

お師匠様は、奥様が心配だからと先に「飛んで」帰ることになっている。

初めて会った時は魔法で飛んでヘロヘロだったお師匠様。最近は奥様謹製《きんせい》の非常食がいい感じにナッツたっぷりで確かな満足を得られるらしく、ガス欠？　にはならないらしい。

なんにせよ、お父様と私がお師匠様に迷惑をかけたことは事実。ションボリうつむいていると、頭をワシャワシャと撫でてくれるお師匠様。

「おしょ……」

「弟子のために師匠が動くのは当たり前だ。気にするな」

「そうだぞユリアーナ。気にしなくていい」

「ランベルト！　お前は友人に対して、もっと気遣いってものをだな！」

ぷりぷり怒るお師匠様に、首を傾げているお父様。

二人を見て笑っているオルフェウス君とティアに、つられて笑う私。

こうして、魔法で飛んでいくお師匠様を見送って。

ギルドへ向かう、ティアとオルフェウス君を見送って。

「帰るか、ユリアーナ」

「はい！　ベルとうさま！」

私はお父様と、ふたりで一緒に帰るのでした。

「きゅー!!（我を忘れるな!!）」

あ、モモンガさん！　ごめん！（忘れてた）

◇とある国王の決意

「それで？」

「ご令嬢が家を出られたことを知り、ご子息であるヨハン・フェルザー様に当主の座を譲《ゆず》られたランベルト・フェルザー様の行方が判明いたしました」

「前置きが長い」

「申し訳ございません。いまだに『あの』侯爵様が、娘の家出に傷心《しょうしん》ということが信じられず」

「気持ちは分かる、けどね」

側近のローレンツは冷静沈着、頭脳明晰《めいせき》という言葉を体現しているような男なのだが、さすがに今回の一件は許容の範囲を超えたらしい。

さらに、彼は自分にとって気がおけない友人でもある。

後輩のローレンツ、そして同級生のランベルトと今代のペンドラゴンは、学園時代の悪友仲間だった。

それはさておき。

多くの貴族たちから『氷のフェルザー家』と呼ばれているのは、彼らが氷の魔法を使うからではない。

特に当主となる人物については、人としての温かみを捨てた氷のごとく冷たき存在が求められる。

たとえ身内であろうとも、国の障害となるものは冷酷に処断する……それがフェルザー家の役割である……のだが。

「ご子息には、まだ早すぎましょう」

「そこは、あの家の影が動くと思うけどね。まったく、人騒がせな男だ」

いや、あの男のことだ。息子が当主になっても『氷』として動くことのないよう、事前に準備しているのだろう。

「それともうひとつ、ペンドラゴン殿から報告が」

「まだあるの？」

「ランベルト・フェルザー様、もしくはその周辺に『ハイイロ』の接触が確認された、とのことです」

「⁉」

思わず立ち上がりそうになったのを、必死で抑える。

今、この場で動揺するわけにはいかない。側近のローレンツだけならまだしも、部屋の前には警備兵がいるのだ。

「それらの影響により、ランベルト・フェルザー様は呪いを受けている状態であるそうで」

「なんだと⁉」

今度は我慢できなかった。

慌ててローレンツが手を二回叩き、魔法で異常なしという信号を部屋の外へと送っている。

「陛下、落ち着いてください」

「落ち着いていられるか‼　……彼は、王が、信をおく者だ」

途中から我に返り、心の動揺を落ち着けるよう深呼吸する。

やはり我慢はいかんな。我慢は。

「対処法はあるそうですが、やはり解呪しないと根本的な解決にはならないようです」

「ペンドラゴンが王宮の書庫に入り浸っていたのは、そういうことか」

「彼によれば、ある者から助力を得られ『ハイイロ』の動きを察知できるとのことです。その鍵となる、ユリアーナ・フェルザー様を王宮に迎え入れてほしいと」

「あれは我の娘のようなものだから、いいようにしてやって」

「はっ」

「ふふっ、あの子が家出か。原因は何だったのやら」

だいたいの予想はつくが、ランベルトと会ったら文句ついでにからかってやろう。

家と国以外に関心を持たなかった彼奴《きやつ》が、あそこまで娘を溺愛するとは。

気持ちは分かる。あの子の愛らしさは傾国《けいこく》の要因になりそうなほどのものだ。

自分の妃たちだって、姫も王子も産んでくれてはいるが、王族の教育方針や慣習などで近くにいないせいか、どうも親子という感覚が掴めない。

しかし、まだ数回しか会っていないランベルトの娘は違う。

彼女を見た瞬間、なぜか守らなければという気持ちになり、思わず『魅了』の魔法を使ったのではと疑ったりもした。

もちろん彼女は何もしていなかったのだが、現場を見ていたローレンツは未だ何かあるのではと疑っている。

まぁ、そんなローレンツもユリアーナに会えばメロメロに対応してしまうのだが、そこを指摘すると仕事を増やされそうだから黙っておくとして。

「ところで、ランベルトにかかっている呪いの対処法とは？」

「ご令嬢を側に置くこと、だそうです」

「はぁ？」

何言ってんだコイツみたいな目で見たら、自分だってそんなことは言いたくないみたいな目で見返されてしまう。

「側といっても、私のような側近とは違います。二人で密着する必要があるということです」

「うむ、意味が分からん」

「ですよね」

ですよね、じゃない。ちゃんと分かるように説明しろ。

まったくもって、一体何をしたらそんな愉快な呪いにかかるというのか。

「呪いが発動すると、どうなる？」

「若返るそうです。しかし、脳は退化し記憶をなくすとか」

「それは困る」

「ですので、解呪の方法が見つかるまで、ご令嬢と共に行動をされると思います。行方不明になられていた時よりは悪くない状況ですね」

「ちょっと待て。ユリアーナに王宮への立ち入り許可を出したのか？」

「先ほど陛下が、ペンドラゴン殿経由で許可されております」

「じゃあ、愉快な呪いにかかっているランベルトは、王の許可を得て王宮内で好きなように自分の娘とイチャイチャできるってことか⁉」

「そうなりますね。ですが、陛下がどちらかを呼び出さなければ、目の前でイチャ……仲睦《なかむつ》まじくされることはないと思われますが」

「小難しく言い直してもイチャイチャ感が消えてないよ！　あと、ランベルトは報告のために絶対呼ばないとダメなやつ！」

「そこを理解しておられるなら、さっさと呼び出してください。そろそろマリク殿が限界です」

「分かってる！　でもいやだ！」

「陛下もすればよいではないですか。王女たちと」

「上はもう隣国の王子にメロメロだし、下からは避けられている」

「王子たちは？」

「なんか違う。でも、王子たちは構ってくれるから王女たちよりはマシかな」

謁見《えっけん》に来るランベルトは、たとえ呪いがなかったとしてもユリアーナを離さないだろう。ならば対抗して、玉座で王子をひざ抱っこで対抗するのはどうだろうか。

「王子たちがおかわいそうなので、やめてさしあげて」

「世の中、ままならんなぁ」

報告を終えたローレンツは、どこから取り出したのか追加の決裁書類をどさりと置く。

さすがにヨハンとマリクだけでは業務が回らないから、シワ寄せの全部が自分にくるのだ。

「ままならんなぁ」

ランベルトの呪いが解けたら即復帰させる。絶対だ。

63　反省をうながす幼女

「おかえりなさいませ、ユリアーナお嬢様」

背すじを真っ直ぐに伸ばしたセバスさんが優雅に一礼すると、後ろに並んだ人たちが一斉にお辞《じ》儀《ぎ》をした。

すごい迫力！

そして、こんなにたくさんの人たちがお屋敷で働いていたんだと、あらためて実感！

宿の前でオルフェウス君たちと別れた私たちに、いつの間にか迎えの馬車が手配されていた。

快適（お尻が痛くならない侯爵家の馬車）な旅を経て、私たちは無事お屋敷に到着。

馬車の中では窓から外の景色を見る私を、お父様がひたすら愛でるというイベントが発生しておりましたよ。安定のお父様でございます。

「出迎えご苦労」

「ただいまセバシュ！」

禁呪の影響とは言え、あまりにも自然に私を抱っこするお父様。

もちろん、この場でお父様にツッコミを入れる人はいない。

分かってます。ちょっと言いたかっただけです。

「ご無事でなによりでございます。今回は影たちが、つつがなく仕事を成し遂げたようで」

セバスさんが向ける視線の先には、庭師さんたちが立っている。疲れた顔をしているのに、どこか誇らしげなのが微笑ましい。

前は彼らを匂いで察知できたのに、今回お迎えに来てくれたのは気づけなかったんだよね。ぐぬぬ、次こそは。

「おや、疲れを表情に出すとは、まだまだ修練不足ですかね」

『!?』

セバスさんの笑顔に、庭師さんたちが怯えているのが伝わってくる。

「セバシュ、きょうはゆるしてあげて」

「いけません。今、この時に気を緩めることが、一番危のうございます」

それは分かるんだけど……。

助けてほしいとお父様を見ると、抱っこされている腕に少しだけ力が入った。増す安定感よ。

「セバス、後にしろ。ユリアーナを休ませたい」

「かしこまりました」

「部屋は奥を使う」

「……っ、かしこまりました」

打てば響くセバスさんの応対が、一瞬遅れた気がした。

どうしたの？　何かあった？

「疲れただろう。部屋の準備ができるまで、執務室で待つことにしようか」

「はい、ベルとうさま」

こくりと素直に頷く私。

うん。さすがにちょっと疲れたから、ゆっくりしたいなー。

あれ？

「おにいさまは？」

「ヨハン様は王宮におられます。あと半刻ほどで戻られますよ」

「おうきゅう？　がくえんじゃない？」

「旦那様から当主の座を譲られましたから、王宮でお仕事をされております」

「ふぁっ⁉」

ちょっとお父様！　子どもに仕事させるとか、ダメじゃん！

いや、ちょっと待てよ。たしかオルフェウス君がギルドで聞いたとか言ってたよね。

フェルザー家の当主がお兄様になったとか何とか……。

「おにいさまが、とうしゅ？」

お父様を見る。

目をそらされる。

お父様を見る。

「……もう、ここには戻らないつもりだった」

いや、だからって当主を譲るとか、どうなの？　よくあるやつなの？

「さすがに今回の理由としては、いかがなものかと思いますが……」

だよね。

今回の件って、娘が家出してショックを受けたお父さんも家出しちゃったみたいに見えたのでは？

いや、ほぼほぼ事実なんだけどさ。

さらに言うと、娘が冒険者になったのを追いかけて、娘と同じパーティに入っちゃうお父様なんて……。

まぁ、愛ゆえにってやつ？（照れ照れ）

「お嬢様、照れている場合ではございません。身支度を整えましょう」

「て、てれてないでしゅ！」

久しぶりに噛みました。

部屋でマーサに「お帰りなさいませ」と言われ、ほっとする。

そしてマーサの娘、エマもいるのは珍しい。

「ふたりいるの、めずらしいね」

「娘は執事長から訓練を受けておりましたが、ようやく形になってきたとのことです。これから少しずつになりますが、お嬢様のお世話ができるかと思われます」

「お嬢様を守れるよう、鋼《はがね》の肉体を作っております！」

「はがねの、にくたい」

復唱すると、エマは可愛らしい笑顔を浮かべてコクリと頷く。

そ、そうなのね。

この先、彼女がちゃんと嫁にいけるか少しだけ心配になったけど、ほんのり熱い視線を送ってくる庭師さんが一人いるから大丈夫なのかな。うん。

あ、そうだ。

「マーサ、エマ、しんぱいかけてごめんなさい」

「いえ、私たちがお嬢様の心をもっと察することができれば、このようなことにはならなかったはずです」

「もっと精進《しょうじん》します」

いや、そんなことできるようになったら、なんか違う能力とか芽生えそうだけど？

「お嬢様がここを出られたと知った執事長は、すでに状況を把握《はあく》しておられました。さすがに旦那様が当主の座を譲られてまで探しに出られるとは想定外だったようですが」

やはりセバスさんの能力はすごいなぁ。さすセバ。

笑顔のマーサはお風呂の準備をしながら「そうまでされるほど、旦那様はお嬢様を愛してらっしやるのですね」などと感心している。うん、でも真似《まね》はしなくていいと思うよ。

ちゃちゃっとお風呂に入れてもらって、身支度を整える。

そこで判明したのだけど、私、どうやら成長したらしいよ！　洋服の袖《そで》が爪半分くらい短くなっていたんだよ！

「ふぉ、せいちょうき……！」

「外に出られて、ご成長されたのですね！」

「私もお嬢様に負けず、成長しないとです！」

目元にハンカチをあてているマーサは、私が成長しづらい体質のことを知ってて喜んでくれている。もらい泣きしそう。

でもエマは頑張らなくてもいいよ。ちょっと見ない間に成長してるんだよ。色々と。ちくしょう。


お兄様が帰ってきたのは、夕食の途中だった。

「ユリアーナ!!　よく無事で!!」

「おにいさま、ごめんなさい」

「いい。無事ならそれで……父上、なぜ邪魔をするのです？」

「呪いだ。ユリアーナを手放すことはできない」

「呪いの話はセバスから聞きましたが、ユリアーナから腕を離してもいいでしょう。他の部分は触れているのですから」

「危ないだろう」

するとセバスさんが流れるような動作で私を取り上げ、魔法陣が描かれている紙をお父様にペシっと渡している。

「さぁユリアーナ、兄と食べよう」

「はい！」

お兄様と食事は久しぶりだ。兄妹《きょうだい》仲良くできるのは嬉しい。

「セバス、魔法陣の紙を無駄に使うな」

「ペンドラゴン様から、大量に届いておりますのでご心配なく」

さすがお師匠様、備えあれば患えなしってやつだね。

「それに魔石については、お嬢様にアテがあるとのことですから」

そうなのだ。

帰りの馬車の中で、モモンガさんが魔石と同じような力をもつ石が、精霊界にもあると教えてくれたのだ。

というわけで、ふたたびモモンガさんは精霊界へお出かけしている。モフモフが恋しい……。

ふと、お兄様を見る。

お父様譲りの銀色の髪は、ふんわりとした毛質をして、だんだんモフモフに見えてきた。

「おにいさま、あたま」

「ん？　どうした？」

「なでなでー」

なんだろうと、私に顔をよせてきたお兄様。

これ幸いとふわふわ銀髪を堪能させてもらえば、お兄様はみるみる真っ赤になってしまう。

「ユ、ユリアーナ⁉」

「おにいさま、がんばっているので、なでました！」

モフモフを堪能したいという言葉は呑み込み、王宮で慣れない仕事をしていたお兄様を労《ねぎら》うという名目で、ふわふわ撫でまくる。

「旦那様」

「……分かっている」

何か言いたそうにしているお父様だけど、ダメですよ。

お父様のとばっちりで、お兄様は大変な思いをしているのですからね。

ちょっとは反省してくださいまし！

64　おやすみなさいを言いたい幼女

就寝の支度を整えて、お父様の部屋へと向かう。

お父様に貼《は》り付いている魔法陣が発動しないよう、部屋が変更になったそうな。

「この部屋ならば都合がよいという、旦那様のお言葉でして」

「でも、ここのおへや……」

大人が二人寝たとしても余裕のあるベッドに、お父様の書斎《しょさい》に続く部屋は、女性の好きそうな内装になっている。

そう、ここはどう見ても『夫婦の部屋』だ。

「そうです。この部屋は、本来ご当主となられたヨハン様のもの。しかしながら日々、学園と王宮の往復のヨハン様は、当屋敷になかなかお戻りにならないのです」

「おにいさま、おしごと、たいへんです」

「はい。ですので、この部屋は旦那様とお嬢様に使っていただいても、なんら問題ございません」

「なら、よかったです……」

うん。

ぜんぜん良くないけどね⁉

だって、セバスさんも「この言い訳は苦しいけど、旦那様の指示だしどうにかそれらしい理由をつけないと、ユリアーナお嬢様が納得しないから」みたいな感じがしているし。

いつもなら隠しているだろう感情が漏れ漏れなのは、きっと色々な意味で疲れているのだろう。

ごめんセバスさん。マジ休んで。

「旦那様が、後妻《ごさい》を娶《めと》られることはないと思われます」

「ふぇ？」

「お嬢様は好きなだけ、この屋敷で過ごされても良いのですよ」

「……セバシュ!!」

思わず、潤《うる》んだ目でセバスさんを見上げた私だけど、後ろからふわりと抱き上げられてしまう。

「セバス、私がユリアーナに言おうとしていたことを奪うな」

「遅いのですよ旦那様。しっかりと伝えないと、またお嬢様に家を出られてしまいますよ?」

「……分かっている」

ぐぬぬとなっている、お父様がかわいい。

でも、今になって考えると不思議なんだよね。なんで私は「家を出て行かないと」って考えたんだろう。

物語の整合性をとろうとするとか、それもおかしい。

元々、私は「愛されず不幸続きのキャラ」であるユリアーナを、どうにかしたいと思っていたはずだ。

だから、物語と同じ流れにならなくても良いはずなのに……。

「どうした? 疲れたのか?」

気づけばガウンを羽織ったお父様と一緒に、大きなベッドで寝ている私。

ふぉっ!? いつの間に!?

「だ、だいじょうぶ、です」

「……そうか」

私の頭を優しく撫でてくれるお父様。

心地よい温かさに身を委《ゆだ》ねていると、お父様は甘く蕩《とろ》けるような声で囁《ささや》く。

「この先私が妻を娶ることはない。後継にはヨハンがいる」

「でも……」

「たとえヨハンが家を出たとしても、フェルザーの血は他にもいる。ユリアーナは私の側にいればいい」

抱き寄せられた私は、お父様の分厚い胸板に頬をすり寄せる。

ほぼ脊髄《せきずい》反射で、お父様のむっちりとした胸筋と良い匂いをくんかくんか堪能していると、クスクス笑われてしまう。

「お前は、仔犬のようだな」

「ごめんなさい。ベルとうさま、いいにおいがするから」

「……謝らずとも良い」

ふむ。

ということは、お父様の匂いを心おきなく堪能してもいいという言質《げんち》を……いや、何でもないです。すみません。自重《じちょう》します。

疲れているけれど、眠れない。もう少しだけ、お父様とお話ししたい気分だ。

「ベルとうさま」

「……どうした？」

「わたしをうんだ、あのひとは、どうなりましたか？」

優しく頭を撫でてくれるお父様の手が止まった。

「……知りたいか？」

「はい」

前の世界でも、子どもに愛情を与えない親は存在していた。

幸いにも私は親から愛情をたっぷり受けたし、オタクよりとはいえ真っ直ぐに育った。

そんな私が小説のキャラにシリアスな設定をつけたのは「ありえない」部分を入れたかったからだ。そして、分からないまま書いていた。

不思議だったんだよね。

お父様は「氷の侯爵様」なんて呼ばれているけれど、冷たい人ではない。むしろ愛情深いと言っていいくらいだ。

「あれは今、修道院にいる。そこで平穏に暮らしているようだ」

「へいおん……」

「子を生《な》すためだけの結婚をしたことを後悔はしていない。しかし、あれを放置すべきではなかったと今は思っている。すまないユリアーナ」

「ベルとうさま……」

ふたたび頭を撫でてくれるその手は、少し震えている。

でも私が自我を得たのは魔力暴走の時からで、その前の記憶はユリアーナ自身もふわふわとした記憶しかない。例えるならば、赤ちゃんの「物心がついていない」時のような感じかなぁ。

「あのひとが、げんきならいいです」

「いいのか？」

「はい。わたしは、すごくすごくしあわせなので」

「……優しい子だ」

いや、ぜんぜん優しくないですよ？

今の自分は、あの人からお父様を奪った悪女（笑）みたいなものだし、遠くへ行かされた挙句《あげく》に不幸になっていたら寝覚めが悪いからね。

どっか遠くで平和に生きていれば、それでいいよ。

今思い出した。

そういえば、本当の父親の兄弟だかが隣国にいたんだっけ。家出するなら、そっちに行くのも手だったのでは……ん？　急に寒気が？

「……ユリアーナ、何を考えている」

「ふぇいっ⁉　な、なにもっ‼」

「まさか、また家を出るなどと言わんだろうな？」

冷たい空気とともに、何か良からぬものを感じ取った私はブンブンと首を振り、あわててお父様の胸板にしがみつく。

「もう、ぜったいにはなれないでしゅっ‼」

「……ククッ、そうか」

なっ⁉　もしやお父様、からかったの⁉

ぷっくりと頬を膨らませて見上げれば、激レアすぎるお父様の甘い微笑みががが。

「ひきゅっ⁉」

「おやすみ、ユリアーナ」

美丈夫《びじょうふ》が発する色香《フェロモン》の直撃を受けてフワフワになったところ、追い討《う》ちをかけるように額に口づけをしてトドメを刺す、容赦ないお父様なのでしたー。

おやすみなさい……パタリ。（意識を失う）

65　モモンガを待つ幼女

朝起きると、すでにお父様の姿はなかった。

まだ布団のぬくもりを感じるので、それほど時間は経っていないとみた。

「セバシュ」

「はい、お嬢様」

「マーサをよんでください」

「かしこまりました」

なぜマーサではなく、セバスさんがいるのか。

レディの寝起き姿を見せるわけにはいかないと、お布団にもぐりこんだ状態で会話をしているユリアーナです。

ちなみに、セバスさんの存在は匂いで分かりましたよ。

「お嬢様、旦那様から『詳細』が知りたいのであればセバスに、とのことです」

「わかりました」

たぶん、『詳細』とは、昨日寝る前に話していた「生みの母」のことだろう。

お父様があの人のことを話そうとしたら、感情がダダ漏れになって寒くなっちゃうからね。どうやらセバスさんは、マーサが来る前にお父様の言葉を伝えたかったみたい。

幼女とはいえレディのいる寝室になぜ？　って思ったけど、今回は許すとしましょう。

「寛大《かんだい》な御心《おこころ》でお許しいただき、感謝いたします」

あ、心が読まれた。

セバスさんが部屋を出ていって、しばらく布団の中でうとうとしていたらマーサが来てくれた。

「おはようございます、お嬢様」

「おはよう、マーサ」

お気に入りのライトグリーンのワンピースドレスに、薄紫のリボンで髪を結ってもらう。

久しぶりだからか、マーサに身支度を整えてもらっているのが妙に懐かしく感じる。

実際離れていたのは二週間くらいなのに、どんだけ私のホームシックは重かったのか。ちょっと恥ずかしい。

「午後にはペンドラゴン様が来訪されます」

「おししょ、きてくれるの？」

「はい。奥様もご一緒されるとのことですよ」

「あかちゃん！」

「ふふ、楽しみでございますね」

「ベルとうさまは？」

「食堂でお待ちですよ」

魔法陣が刻まれた紙があるとはいえ、あまりお父様と離れているのは良くない気がする。

早く行かないとね！　いざお父様のもとへ！


「さて、現状の確認をしようか」

応接室のソファーにデデンッ！　と座っているお師匠様。赤子に髪の毛をモグモグされて、顔とかヨダレまみれだけど大丈夫かな？

久しぶりに会う鳥の奥さん。顔色もいいし元気そうで何よりです。そして。

「あかちゃん！　かわいいです！」

「この子は旦那に似たのかしらね、髪が全部虹色になったのよ」

そういえば息子さんは、前髪の一部だけ虹色だったっけ。

すっかり私の椅子になっているお父様が、私を抱き上げると赤ちゃんの近くに移動してくれる。

おお、背中が開いている赤ちゃんが身につけるには際どいファッションだと思ったら、髪と同じ虹色の小さな羽が生えているんだね！　これぞまさに天使！

「さて、現状の確認をしようか」

あ、二回も言わせてしまってごめんなさいお師匠様。私としたことが、すっかり赤ちゃんに夢中でした。

「しばらく待て」

「なんだよランベルト。お前のためなんだぞ？」

「この現状を見ろ」

私は今、お父様に膝抱っこされながら、鳥の奥さんに赤ちゃんを抱っこさせてもらっている状態だ。

どうしたんだろ？　何か問題でも？

「な、なんだ……と⁉」

「フッ、お前も気づいたか」

ショックを受けているお師匠様。そして、何やら悪役っぽい返しをしているお父様。

「美幼女が、美赤子を抱っこしている……これが、楽園なのか……」

「うむ。知らぬ間に我らは、この世の楽園を見つけていたようだ」

何やら言い合う父親二人に、鳥の奥さんと私は凪《な》いだ目になる。

「親を取って、ただの馬鹿だと言いたいわ」

「ベルとうさま……ちょっと、はずかしいです」

固まる父親二名。

こりゃダメだと思ったらしい鳥の奥さんが、重そうにしている私から赤ちゃんを受け取りながら話しはじめる。

「夫から聞いたけど、侯爵様は魔法陣が解けない状況にあるのよね。状態維持の魔法陣で発動を止めているけれど、あくまでも一時しのぎって感じかしら？」

「はい。ませきとかあれば、もうすこしマシみたいです」

「それを、ユリアーナちゃんのペット……精霊獣に取ってきてもらっている？」

「はい」

「それは……すごいわね」

「え？」

「精霊界には魔石は無いのよ。魔獣が存在しないから。だから、持ってくるとしたら精霊石になるでしょうね」

「えーっ⁉」

精霊石‼

……って、何だっけ？

いや、こういう特殊なアイテムっぽいやつなら、私が設定した残念資料の中にあったはず。思い出せ！　ダメだ思い出せない！（早々に諦める）

むーむー唸《うな》っていると、私を抱き上げたまま立ち上がったお父様が、部屋の窓を開ける。すると窓から飛び込んでくる茶色の毛玉。

この流れ、前にも見たことがあるぞ。

「きゅきゅ！（もどったぞ主！）」

「おかえり、モモンガさん」

丸一日とはいえ、離れていたモフモフをさっそく堪能する。外は雨が降っていたのか、ちょっとしっとりとしているね。

「セバス」

「かしこまりました」

いつの間に居たのか、セバスさんが私のお腹あたりにしがみついているモモンガさんをベリッと剥《は》がし、そのまま部屋の外へ連れていってしまう。

「あ、せいれいせきのはなしを、ききたかったのに……」

「まずは風呂に入れさせる」

お風呂？　と思いながら自分の服を見ると、お腹の部分が汚れてしまっている。

「あう……」

「大丈夫だ」

お父様から魔力が動いたと思ったら、服についていた汚れがなくなっていた！

驚きの洗浄力！

あれ？　それならモモンガさんをお風呂に連れて行く必要は、なかったのでは？？？

「さて、現状の確認として、あの精霊獣の話を聞くことにしようか」

「うむ」

「まったく……男の嫉妬《しっと》ほど見苦しいものはないわね……」

よく分からないけど、モモンガさんの戻りを待って作戦会議ってことかな？　了解です!!

66　思い込んでいた幼女

「きゅー……（ひどい目にあった……）」

「おつかれ、モモンガさん」

お風呂で毛並みがふわふわになったモモンガさんを、優しく撫でてあげる。

なぜか私の頭をお父様が撫でているのは、対抗しているのかしら？

「きゅ、きゅきゅ！（そうだ主、石を見つけてきたぞ！）」

「それって、せいれいせき？」

「きゅ、きゅきゅ！（よく分からぬが、強い力が宿っておるぞ！）」

魔石は魔獣から採れたり、魔素と呼ばれるものが多い場所に落ちているものだ。（出典、本田由梨の設定メモより）

モモンガさんは「精霊界にも似たようなものがあるぞ」と取りに行ってくれたのだけど、よく分からないものを持って帰ったってことでファイナルアンサー？

この件に関しては、お父様の危機的状況を打破《だは》するためのものだ。変なものを持ってこられても困ると、フツフツと怒りが湧《わ》いてくる私にお父様が優しく諭す。

「ユリアーナ、気持ちはありがたいが、この生き物を責めるな」

「でも、ベルとうさまが……」

「この生き物から強い力を感じる。だから大丈夫だ」

「それなら、いいのです」

お父様がそう言うのなら、きっと大丈夫だろう。

私の怒りが消えたことにモモンガさんもホッとしているみたい。ごめんね、怒っちゃって。

「きゅ。きゅきゅ（良いのだ。氷は主にとって大切な人間であるからな）」

た、大切って……そんなことあるけど！　面と向かって言われると照れちゃうっていうか！

「それで？　石はどこにある？」

「きゅ！　きゅきゅ！　きゅ！（心配するな！　ちゃんと持っているぞ！　手を出せ！）」

モモンガさんはお父様の手に、取り出した二つの石をぽぽんと置いた。

……頬嚢から。

「セバス」

「しばしお待ちを」

スッと目の前に白いハンカチがかけられたと思うと、手品のように石が消えた。

「きゅーっ!!（何をするーっ!!）」

「モモンガさん、おちついてー」

頬嚢から出てきたから、なんかアレだったんだよ。ほら、セバスさんがハンカチで綺麗《きれい》に拭いてくれたよ？　すっかり綺麗になったよ？

「旦那様」

「……ふむ、これが精霊石か」

あ、もうこの石は「精霊石」でいいのね。

「へぇ、確かに魔石よりも強い力を感じるし、純度も高いなぁ」

「分かるのか？」

「仮にもペンドラゴンの名を持つ俺に言うことじゃないだろ」

お師匠様が、相変わらず赤ちゃんに髪をヨダレまみれにされながらも話を進めてくれる。育児中にお父様がご迷惑をおかけしております。

「きゅきゅ！（これより大きいものもあったぞ！）」

「おおきいって、どれくらい？」

「きゅーきゅ！（この部屋くらいの大きさだった）」

「それはちょっと……もってくるの、むりそうだね」

モフモフとした毛並みをブワッと膨らませたモモンガさんは、石の大きさを一生懸命伝えてくれる。

でも、部屋くらいの大きさの石があるなら、今あるものよりも大きいのがあるってことだよね。

モモンガさんとの会話を聞いていたお父様が、不思議そうな顔（たぶん）をしている。

「これだけしか持ってこれなかったのか？」

「きゅっ！（我の体では無理だな！）」

堂々と言い放つモモンガさん。

「きゅきゅっ！（だからお前たちが持ってくればいい！）」

さらに堂々と言い放つモモンガさん……って、ええっ⁉　私たちも、精霊界に行けるの⁉

「せいれいかいに、いしひろい？」

「ユリアーナと離れることはできない。私も行こう」

「おいおい、やめとけランベルト。人の身で精霊界なぞ行ったら大変なことになるぞ」

「私たち獣の民でも、精霊の森近くで住めるくらいの耐性しかないのよ」

そうなの？

お師匠様と鳥の奥さんの言葉に、お父様を見上げた私は優しく抱きしめられる。

「大丈夫だ。私がなんとかしよう」

「いや、ぜんぜん大丈夫じゃないから。なんとかできないから」

「ペンドラゴン、私を見くびるな」

ひんやりとした空気が流れ、収まっていたモモンガさんのモフモフがブワッと膨らむ。

譲らないお父様の様子に、お師匠様はやれやれと首をすくめてみせる。

「わかっているさ。でもな、今のお前は本調子じゃない」

「しかし……」

「それに、何が起こるか分からない場所で、嬢ちゃんを守りきれなかったらどうする？」

「……」

いつになく強い口調のお師匠様に、さすがのお父様も黙ってしまった。いやいや、私だって自分のことくらい自分で守れますよ？　ひとりでも大丈夫ですよって。

「父上、私もついて行きます」

「おにいさま！」

思わず立ち上がろうとして、お父様シートベルトに遮《さえぎ》られる。急な動きに安全対応。

苦笑したヨハンお兄様は私たちの近くに来ると、お師匠様と鳥の奥さんに向かって丁寧《ていねい》にお辞儀をした。

「お久しぶりです、ペンドラゴン殿」

「ん？　王宮で会わなかった……か。お互い忙しかったからな」

そうですね。お父様のせいですね。

私が家出しなかったら……と思うけど、そこはこう、若さゆえの暴走ってことで許してほしい。

結果お父様が大変なことになってるけど。

ところでお兄様も一緒に精霊界に行くというのは？

「父上と私が一緒なら、危険度は下がると思いますがいかがでしょう」

「……はぁ、確かに精霊は『銀』を好むと言うけどなぁ」

「きゅ！　きゅきゅ！（だから我は！　お前たちが行けと言うておろう！）」

モモンガさんが私の膝の上でプリプリ怒っている。お前たちって、お父様とお兄様と私ってことだったの？

そしてお師匠様の言う『銀』とは、お父様とお兄様の髪色のことかしら？

「ヨハン、執務は？」

「王宮の執務については、マリク殿と友人たちが手伝ってくれると。学園にも休暇届を出しております」

「領地については？」

「それに関しては、セバスが対応すると」

え、セバスさん侯爵領の運営も出来ちゃうの？　有能すぎない？　さすがセバスさん、さすセバ……。

「お嬢様、さすがに長期間の代行は難しいので、応援を呼ばせていただきました」

「おうえん？」

「大旦那様……お嬢様のお祖父様《じいさま》に当たる御方でございます」

え？
オ　ジ　イ　サ　マ　？
生きてたのっっっ⁉（失礼）

67　できれば平穏を願う幼女

「セバス、遠出の準備を」

「いやいやちょっと待てって。お前の父親が来るんだろう？　嬢ちゃんを会わせてやらないと……」

「必要ない」

「おいっ！」

珍しく常識的？　な意見を出すお師匠様に対し、まったく聞く耳持たないお父様。二人の会話を呆然としながら聞いていると、お兄様が横からこっそり教えてくれた。

「お祖父様は、少し変わってらっしゃる。だから会わせたくないのだと思う」

「おじいさま……」

これだけはハッキリと言える。

私の脳内に、お祖父様の設定はない……はずだ。（ハッキリ、とは）

「きゅ。きゅきゅっ（待て。我はここでやることがあるから、まだ出発できぬぞ）」

「やること？」

「きゅー？（異質な匂いを見つけねばならぬだろう？）」

そうだった。高性能モモンガさんには、この屋敷と王宮と、諸々《もろもろ》の場所に『ハイイロ』の痕跡がないかを確認してもらうお仕事があったんだ。

「わすれてた」

「きゅきゅ（仕方ない。主は幼いからの）」

中身はアラサーですが。

「父上はともかく、さすがに私はお祖父様に挨拶《あいさつ》をしませんと……」

「ベルとうさま、おじいさまに、あいさつしたいです」

「ぐっ……!!」

奥義！　膝の上から幼女の上目遣い！（本日二回目）

お祖父様は、私の中では完全にイレギュラーな存在だ。それを言うなら「私」だってイレギュラーなのだろうけれど……。

いや、落ち着いて考えよう。お祖父様が居なければ、お父様は存在していない。設定していないからといって「存在しない人間」だと認識するのはおかしいことだ。

なんという恐ろしい思考をしていたのか。

私は、いつから自分を「神」のような存在だと勘違いしていたのだろう。

「きゅきゅっ（主、落ち着け）」

「どうした？　ユリアーナ？」

肩に乗っているモモンガさんに頬をテシテシ叩かれ、心配そうなお父様に問われても反応できない私。

やばい。この感覚は、いつかの『魔力暴走』と同じものだ。

深呼吸せねば。

すぅー、はぁー。ひぃー、ひぃー、ふぅー。

「ユリアーナちゃん、しばらくお散歩に出ましょう」

「ふぇ？」

鳥の奥さんが片手で赤ちゃんを抱っこしたまま、空いている手で私をひょいっと抱き上げた。わぁ、力持ちだ。

すかさずセバスさんが、魔法陣の紙をお父様に貼り付けている。

「男どもは、しっかり話し合っておきなさいよ！」


きゃっきゃと喜ぶ赤ちゃんと一緒に抱っこされた私は、変な空気になった部屋から脱出できた。

「ありがとう、とりのおくさま」

「どういたしまして」

「きゅっ（さぁ、屋敷の探索だ！）」

そうだね。せっかくモモンガさんがやる気になっていることだし、気持ちを切り替えて『ハイイロ』の痕跡を探しますか！

「モモンガさんが、おやしきをたんけんしたいそうです」

「そうねぇ……いいわよ」

鳥の奥さんが目を向けた所に、いつの間にか庭師《かげ》さんが控えていた。

確かに、お客様を自由にさせるわけにはいかないか。

「ユリアーナちゃんが一緒なら、どこでも自由に出入り出来るけど、護衛は必要だから助かるわね」

あれ？　自由にしてていいの？

「さぁ、こちらの御方も、ご自由にどうぞ」

「きゅ！（うむ！）」

私の肩から飛び降りたモモンガさんは、さっそくあちこちを行ったり来たりしている。

鳥の奥さんは、その姿を微笑ましげに見ながらゆっくりと歩き出す。

「気をつけてね、ユリアーナちゃん」

「きをつける？」

「貴女はフェルザー家だけじゃなく、すべての中心にいるわ。だから危険に対して敏感であってほしいの」

さっきまで「私が神とか、とんだ勘違い幼女だった」と反省していたのに、それが正しいかのように鳥の奥さんは言う。

お父様については、さすがに分かっている。お兄様からも嫌われてはいないだろう。

「きけんに、ちかづかない？」

「あの場では言わなかったけど、本当は精霊界にも行かないでほしいの。フェルザー家の『銀』ふたつ揃えば、よほどのことがない限り大丈夫だと思うけど」

「はい。きをつけます」

精霊界は危険なのだろうか。

モモンガさんは「ちょっと駅ふたつ先にあるショッピングモールに行こうぜ！」という感じで誘ってきたけど。

「きゅー！（主、見つけたぞー！）」

「みつけた⁉」

「あら、ここは執務室かしら？」

後ろに控えている庭師さんが何も言わないのを良いことに、鳥の奥さんのふわふわ抱っこからおろしてもらった私はそっとドアを開けてみる。

なぜか「勝手知ったる」といった様子のモモンガさんが、真っ先に執務机に向かって走り出す。

そして素早く匂いを嗅ぐと、引き出しのひとつを前足でテシテシ叩いた。

「きゅきゅ！（ここから向こうへ伸びておる！）」

向こうと前足が示した方向には王宮がある。つまり、お父様に関与した『ハイイロ』の痕跡は、王宮へ向かったということだろうか。

「この部屋、ちょっと変な匂いがするわね」

「わかるのです？」

「獣の民なら少しだけ。ほら、この子も変な顔しているわよ」

そう言って腕の中にいる赤ちゃんを見せてくれる鳥の奥さん。

寝ていたと思った赤ちゃんは、鼻の頭にシワを寄せて「ぶちゃいく顔」になっていた。でもかわいい。

「きゅきゅ、きゅきゅきゅ（だいぶ薄れている、急いだほうがいい）」

「いそいで、おうきゅうにいかないと」

「んー、今すぐっていうのは難しいかもしれないわよ」

開けたままのドアから入ってくる冷たい空気、そしてガシャーンとガラスの割れるような音。

「さて、行きましょうか。だいぶ早く着いたみたいだから」

えーっ！　なんかお父様が怒っている予感しかしなくて、ちょっと怖いんですけど……。

赤ちゃんの教育上良くないと思いますよ。

「行かないと、あっちから来るだけよ？」

「いきましゅ……」

そりゃ噛むよね。

◇とある修道女は憐《あわ》れむ

ここは『トアル修道院』。

かの有名な聖者シッソケン・ヤーク様が建てたとされる由緒正しい修道院だ。そして、この国の中でも特に厳しい戒律《かいりつ》で縛られていると評判？　の施設でもある。

その中でも私はけっこうな古株《ふるかぶ》だ。

私が二歳だか三歳ぐらいの時に泥水と雑草で飢えをしのいでいたら、ここの院長様に拾われた。

それが十年ほど前の話になる。

早寝早起きは苦にならない。毎日が死と隣り合わせだった幼児期にくらべれば、ここは衣食住の心配はいらないという素晴らしい場所だと私は思う。

「さて、朝の水汲《みずく》みだけど……起きてるかな、あの人」

別に私が起こす必要はないし、心配もしていない。

なぜならここの施設は「厳しい戒律」で縛られているからだ。

ほら、起きた。

『痛い!!　何するのよ!!　わたくしを誰だと思ってるの!?』

一日に何度も聞こえる、キンキン響く声。そしてまたバチンバチンと「罰《ばつ》」の音が鳴っている。

きっと大声を出したからだろう。

いい加減、学べばいいのに……。

ここでは細かな規則がある。その規則に違反すると、施設にいる番人から「罰」が下されるのだ。

院長様は「天罰よりは軽いわよね」なんてニコニコしているけれど、けっこう痛いんだよね。バチンバチンって、どこからともなく現れる『腕』が攻撃してくるやつ。

でも、逆に考えるとここは天国だ。規則さえ守っていれば「罰」も受けないし、わりと自由でいられるし。そして、この施設を出た修道女は還俗《げんぞく》しても重宝《ちょうほう》されるんだ。お貴族様のところで雇ってもらえるという話も院長様から聞いた。

私も、あと少しでここを出ることになる。

残ってもいいかなって思っていたけど、院長様が働き口を紹介してくれるって話だ。恩人の好意を無下《むげ》にはできない。

「ちょっと、そこの使用人！」

ご飯もおいしいし、院長様も同僚たちも優しいし、離れたくないなぁ。

「わたくしが、わざわざ呼んで……痛い！　もう！　なんなのよこの腕は！」

「うるさいなぁ。水汲み場の近くは礼拝堂なんだから静かにしなさいよ」

「なんっ……なんて態度なの、この小娘は……」

さすがに学んだのか小さな声でボソボソ話す女性は、なぜか支給された服じゃなくてボロボロのドレスを着ている。名前は知らない。

まぁ名前といっても、ここでは皆「アルマ」と呼ばれているんだけどね。

区別するために「アルマ・◯◯」と名前をつけられていて、私は院長様から「アルマ・リンダ」という名前をもらった。リンダは「小さい」って意味らしいけど、大きくなったら困る犬みたいな名付けだと思ったのは秘密だ。

さて、水汲みは終わったし、礼拝堂の掃除をしたら今日は自由だ。書庫で本でも読んでいようっと。

「ちょっと！　待ちなさい！」

「なに？」

「わたくしをここから……この施設から出しなさい！」

「なんで？」

「ここは、わたくしがいるべき場所ではなくてよ！」

「そう。それで？」

この人の言いたいことが、私にはさっぱり理解できない。文句を言うなら彼女の言う「いるべき場所」とやらに行けばいいと思うし。

私の反応に焦《じ》れて怒鳴《どな》ろうとした彼女。しかし「罰」を恐れたため地団駄《じだんだ》踏《ふ》み、疲れたのか息をきらして座り込む。

なんだ？　どうした？

「……出られないのよ」

「別に鍵はかかってないし、好きなように出たらいい。規則の範囲内で」

「だっ……だから、出られないの。出ようとしても中に入ってしまうのよ」

彼女のボロボロなドレスに気を取られていたけれど、顔を見ればまぁまぁの美人だ。髪は茶色くチリチリになっているのを無理矢理まとめているから、解いたらどうなるんだろうという好奇心《こうきしん》が……。

いや、やめておこう。

だって彼女の両手の甲に「文字」が刻まれているのが見えたから。

「アンタ、何やったの？」

「わたくしは、ただ、王子様を待っていただけよ」

「へぇ、王子様ねぇ。それなら私にも神様がくるだろうね」

「バカにしないでちょうだい！」

「は？　バカにして何が悪いの？　そんなもん刻まれて、ここで文句しか言ってないアンタがバカ以外のなんだっていうの？」

「こ、これは、何？　なんなの？」

「院長様に聞けば？　私みたいな下っ端《したっぱ》に聞かずにさ」

震えながら手を擦《こす》って文字を消そうとしているけど、そんなもので消せるわけがない。私だって院長様の講義で一度しか見たことのない代物だ。

なぜその一度をおぼえているのか。それは、とても恐ろしい内容の講義だったから。

「アンタはここから出られない。でも私はもうすぐここを出る。悪いけど、仕事をおぼえたいのなら他の人に当たってよね」

「なぜ、なぜわたくしが？　お父様の言う通りにした。ちゃんと子どもを産んで、そうしたら王子様が来て、わたくしは幸せになると言われたのよ？」

彼女の話す内容はさっぱり分からないけど、王子様とやらが現状をどうにかしてくれると信じているのは分かる。それが実現するしないは別として。

「……ねぇ、規則をやぶったら罰を受けるよね」

「ひっ、や、やめてよ！　痛いのは嫌よ！」

痛みを思い出したのか、震える彼女を私は憐れむように見る。

「その罰を下す腕を見た？」

「み、見たわ、化け物の腕だった」

「その腕に文字が刻まれてなかった？」

「……文字？」

私は知らない。彼女がどのような罪を犯したのか。

私は分からない。彼女にあの文字を刻むほどの「罰」を与えるべき人間なのか。

それでも、神は彼女に文字を刻んだ。

誰の意思でもない。それはこの施設で懺悔《ざんげ》した時に、自然と刻まれるものだ。

たとえ彼女の言う「王子様」が迎えに来たとしても、手に刻まれた文字が消えない限り、ここを出ることは不可能だろう。

施設に現れる「罰」を与える腕と、同じ文字が彼女に刻まれている。

その文字の意味は……。


「罰」だ。

68　つける薬を求める幼女

応接室に戻った私たちが中に入ろうとすると、庭師さんが遮るように前に立つ。

「しばしお待ちを」

中から聞こえてくる尋常じゃない物音にビクついていると、鳥の奥さんが背中を優しくぽんぽんしてくれる。

「あらあら、すっかり頭に血がのぼっちゃってるみたいね」

「お、おにいさまは、ごぶじでしょうか」

「大丈夫よ。うちの人がいるもの」

やがて静かになった部屋のドアを開けてくれたのは、いつの間に近くにいたのかセバスさんだった。

おそるおそる中を覗いてみる私は、何事もなかったかのように綺麗な室内に驚く。

おかしいな？　さっきガラスが割れる音がしてたと思うんだけど。

「片付けましたので」

「う？」

部屋を見ると人がいない……いや、壁ぎわにお兄様とお師匠様がいる。

あれ？　お父様は？

「父上たちはセバスが庭に放り出した。窓ガラスはともかく、テーブルが壊されて……な」

お兄様に言われてテーブルを見ると、さっきと形が違うものだと分かる。

重くて丈夫そうなのに、壊れ……壊しちゃったのね。

そして、セバスさんの逆鱗《げきりん》は家具を傷つけられることらしい。ぶるぶる。

「やっぱり、もう来ちゃってたのねぇ。侯爵様のパパ」

「はぁ……まったく、勘弁してくれ」

ソファーでぐったりとしているお師匠様は、セバスさんが差し出した紅茶を飲み、焼き菓子をガツガツと食べている。これは魔力を相当使ったとみた。

「おじいさまが、きているのですか？」

「おう、窓から外を見てみな」

あ、窓も新しくなってる。庭師さんたちが取り替えたのかしら？

お兄様に抱っこされて、窓から外を見るとお父様と向かい合っている赤髪のダンディーなオジサマが……あ、こっち見た。

「ハッハァ！　やっぱりなぁ！　ありゃまだまだ若すぎるだろぉ！」

「……黙れ」

周囲に威圧《いあつ》と冷気を放つお父様。それを涼しげな表情のまま、手ではらうようにパタパタさせるとブワッと熱気が冷気を散らしていく赤毛のオジサマ。

おお、赤い髪に似合う火属性!!

「おにいさま、あのかたは？」

「あの、赤髪の御仁《ごじん》がお祖父様だ」

ふぉぉ、クールなお父様と正反対って感じだね。

それにしても、なぜお父様はお祖父様と戦っているのだろう。

「そぉーんな弱っちぃ威圧なんざ、通用しないなぁ！」

そしてお祖父様（のキャラ）が濃い。

無造作に後ろに流した赤い髪を揺らし、高笑いするお祖父様は「年季が入った冒険者」といった風体をしている。でも若い頃はモテただろうなって感じもするよ。幼女の勘だけど。

額に傷があり無精髭《ぶしょうひげ》でガタイもいい。某《ぼう》少年漫画に出てくるキャラみたいだ。

気のせいかもしれないけど、私の考えた設定のキャラじゃないから好き勝手されている感じがする。

ところで。

「なぜ、おじいさまとベルとうさまは、たたかっているのですか？」

「それは……」

言いづらそうにしているお兄様の代わりに、お師匠様が教えてくれた。

「あの赤髪ジジイは、嬢ちゃんのことをランベルトの『嫁』だとか抜かしてなー」

なんですと？

「いやぁ、悪かったなぁー！　孫だったか！　ハッハッハァ！」

「……静かにしろ。ユリアーナが怯える」

いえ、怯えていませんよ。耳元で突然笑い出したから、ちょっとびっくりしただけで……。

セバスさんの「お嬢様の夕食のお時間です」の一言で戦い終了となり、私たちは食堂へと移動することにした。

お師匠様ご夫妻は心配そうだったけど、お祖父様が濃すぎて赤ちゃんに変な影響がありそうだ（と私が勝手に思った）から帰ってもらったよ。

お客様《おじいさま》が来ているので少し豪勢な夕食をお父様に食べさせてもらっている私は、餌《えさ》をもらう雛《ひな》のように都度《つど》「あーん」と口を開けている。

さすがに中身はアラサーだし、羞恥心《しゅうちしん》というものを持っているつもりだ。だがしかし食欲には勝てぬ。目の前に美味しそうなご飯があれば、パクついてしまうものなのだ。

なぜか、周りの視線が生暖かく感じる今日この頃です。

「すみません父上。私もお祖父様の言葉に乗ってしまって」

「おにいさまも？」

さっきから決まり悪そうにモゾモゾしているお兄様を見て、私はお父様に膝抱っこされたままこてりと首を傾げる。

「ユリアーナが家を出てしまった時、後悔した。妹の不安を感じ取れなかった自分を責め、このようなことが二度とないようにしたいと考えた」

「おにいさま、ごめんなさい」

私の暴走で、色々な人に迷惑をかけたことは分かっている。

小説の原作に沿おうとした行動について、私しか知る人がいないのだから、さぞかし心配をかけてしまったと今では反省している。

でもまさか、お兄様が自分を責めるほど苦しんでいたとは思ってもみなかった。

「謝らなくてもいい。ユリアーナ、お祖父様のおっしゃったことは、私も考えていた。そして近々、父上に提言しようとしていたことなのだ」

「ていげん？」

「父上はユリアーナを手放す気はない。もちろん私も同じ気持ちだ。ならばいっそ、父上の伴侶《はんりょ》としておけばよいのではないかと……」

「……ヨハン」

冷たい空気にぶるりと体を震わすと、魔力の流れが私にふんわりくっついているのが分かる。あたたかーい。

「父上、器用なことをしますね」

「ユリアーナに風邪をひかせたくはない」

「なんだぁ？　やっぱり『嫁』でいいじゃないかぁ？」

「違うと言っている」

ブワッと広がるお父様の魔力は綺麗な水色で、それが食堂内にみっちりと集まっているのが分かる。

そうだよね。私がお父様の嫁とか伴侶だなんて……。

ぐるぐる考えている私は、気づくと甘く響くバリトンボイスで包み込まれていた。

「……ユリアーナは、私の唯一ですべてだ。嫁だの伴侶などという軽い存在ではない」

「父上……」

「こりゃぁ……重症だなぁ」

うちのお父様が、娘（ユリアーナ）バカですみません。

69　祖父と語らいたい幼女

お父様の言う軽い存在とされる「嫁」と「伴侶」。

もしかしたら私のことを「あの人」と同じだと思っていないという、お父様のアピールなのだろうか。

いやいや、落ち着こう。

前の世界でもネグレクトといった、親が子育てを放棄《ほうき》するような虐待《ぎゃくたい》があったけれど、多くの母親は子に愛情を注ぐものだ……と分かっているよ。だから大丈夫だよ。

「ベルとうさま、ユリアーナは、だいじょうぶです」

「……そうか」

どうやら私の気持ちは伝わったみたいで、周りの冷たい空気は通常モードに戻った。

ほっとした様子のお兄様の横で、首を傾げるお祖父様。

「ユリたんは、魔法でも使ったのかぁ？」

「ユリたん……だと⁉」

ふたたび殺気立つお父様。

うねる魔力を片手でぺいぺいっと散らし、お祖父様はニンマリと笑う。

「そりゃそうだろう？　ユリたんは俺のことを『じぃじ』って呼んでくれよぉ？」

「じぃじ？」

「なぁっ⁉　これは予想以上の愛らしさっ……‼　まさか『炎獄《えんごく》の赤獅子《あかじし》』と呼ばれた俺が、ここまで心を奪われるとはっ……‼」

「……さっさと母の下へ帰れ。暑苦しい」

「老い先短い父親に、なんという酷い仕打ちをするんだぁ？」

ふたたび殺気立つ二人に、セバスさんが深く腰を落として何かを溜めている。

いやいやちょっと待って。

「ベルとうさま、じぃじ、おはなししよう」

ピタリと止まる二人の殺気に、お兄様が取り成すようにデザートをすすめる。そしてセバスさんの構えが解かれたことにホッとする。（なんかすごい攻撃が出そうだったよ）

「ほら、今日はユリアーナの好きな果物たっぷりのタルトですよ。父上も、ここの仕事を手伝ってもらうお祖父様に殺気を向けないでください」

「……うむ」

「そう、お前の仕事を手伝ってやるんだ。孫とのやり取りくらいで焼きもち焼くなっての」

ぶいぶい文句を言いながらも、甘いものが好きらしいお祖父様はセバスさんに大きく切るように指示している。かわいい。

すると、目の前にクリームの付いたベリーが差し出される。

「ユリア」

「う？」

「ほら、あーん」

「あーん」

けっこう大きく口を開いたと思ったけど、やっぱりクリームが口の端に付いてしまう。

「クリームが付いているぞ、ユリア」

そう言いながらお父様は私の口を指で拭《ぬぐ》うと、そのままペロリと舐《な》めた。ペロリと舐めた。（二回言った）

「……甘いな」

いやちょっと待ってください！　いつの間に愛称がユリアになったのか！　そして表情筋が仕事をしていないのがデフォのお父様が、甘々に微笑んでいるのは甘いデザートのせいなのか！

求む!!　詳細!!

パニックになる私をよそに、お兄様はお祖父様にデザートのおかわりを勧めている。

「お祖父様、タルトの他にパウンドケーキもありますよ。こちらもユリアーナの好きな菓子なのです」

「へぇ、これも美味そうだなぁ。酒に漬けた果物が入っているのか」

「セバスが、ワインに合うと教えてくれました」

お兄様が目配せすると、ワゴンの下から数本ボトルを取り出すセバスさん。

「これなら赤だなぁ」

「かしこまりました」

おや、お祖父様はお酒を飲むタイプなのね。

お父様が飲んでいるところを見たことないから、この家はお酒を置いてないと思っていたけど
……さすがにお客様のために用意しているか。

そういえばモモンガさんはお菓子とかも食べるけど、お酒はどうなんだろう？

私は味と香りが好きだけど、今は幼女なので飲めないぐぬぬ。（何度目かの悲しみ）

「ところで……お祖父様は冒険者として世界を旅してらっしゃるのに、領地経営の仕事もできるなんてすごいです。セバスから聞いて驚きました」

「俺も、そっちは全然だったんだが……うちのに叩き込まれた」

「お祖母様からですか？」

「息子や孫が困った時に、手助けひとつ出来ないジジイでいいのかってなぁ」

「そ、それは、すごいですね」

うん。すごい。

お祖母様も女だてらに冒険者だったと聞いていたけど、もしかしたら……。

「言っとくが、うちのは貴族じゃないぞぉ。ものすごく頭がいい女ってだけだからなぁ」

へー、そうなんですか……などと済まされない案件。

頭がいいからって領地経営の仕事が出来るなんて、ちょっとおかしいよね。

セバスさんのお墨付《すみつ》きってことは、お祖父様は優秀な統治者になれるということだし、それを仕込んだお祖母様はさらにすごいってことに……。

「あの、おばあさまは、どこにいるのですか？」

「ごめんなぁユリたん。ばぁば、ちぃーっと『ハイイロ』を追いかけててなぁ」

「……ふむ。母が動いたのならば、直《じき》に殲滅《せんめつ》されるだろう」

え、何そのお祖母様に対する、お父様の絶対的な信頼。

「父《あれ》はともかく、母は優秀な人間だ。ぜひユリアに会ってほしいと思っていたのだが、常に旅に出ていて連絡が取れずにいる」

「今回は運よく連絡が取れまして。旦那様の仕事をヨハン坊っちゃまが請け負うには早すぎましたからね。よき頃合いでした」

そう言いながらセバスさんが紅茶のお代わりを置いてくれる。さっそくいただこうとしたら、カップをお父様に取り上げられてしまう。

あの、ふーふーしなくても大丈夫なので！　セバスさんがしっかりと温度調節した紅茶を出してくれているので！

「ヨハンなら出来るだろう」

「さすがに学園生活との両立は難しいかと思われます」

お父様の中でお兄様が高評価すぎる件。

そんなお兄様は大好きなお父様に褒められたせいか、頬を染めたまま黙ってしまった。かわいい、かわいいよお兄様。

「まぁいいさ。俺は酒と甘味《かんみ》がありゃ働くぜぇ？　ユリたん、じぃじは頑張るぞぉ？」

「じぃじ、ありがとう！」

「ハッハァ！　任せておけ！」

これで心おきなく出発できるね！

お父様とお兄様と一緒に、いざ精霊界へ！

「ぐぬぬ、私も貴族の仕事くらい出来るのだぞ……」

「父上に褒めてもらえるとは、嬉しぃ……ふふふ……」

父と兄、置いていこうかな。（真顔）

70　くんかくんかを見守る幼女

すっかり忘れていたけど、お父様の執務室に『ハイイロ』の痕跡があったと報告するのを忘れていた。

「大丈夫ですよ。庭師から報告を受けておりますから」

「おお、ゆうのう！」

心を読んだセバスさんから、すかさずフォローされる。そういえばあの時、鳥の奥さんと庭師さんがいたのだった。

「王宮へ行く」

「はい、ベルとうさま」

安定の抱っこ状態のままエントランスを出ると、外にはすでに馬車が用意されていた。侯爵家の紋《もん》が入っていないから、王様と正式に会う手続きはとっていないのだと思われる。たぶん。

「あれはどうした？」

あれ、とは？

キョロキョロしていると、セバスさんが頬嚢をふくらませたモモンガさんを私の膝に乗せてくれる。

そして私は安定のお父様ひざ抱っこされている。

「いってらっしゃいませ」

「……うむ」

セバスさんが馬車の扉を閉めると、御者《ぎょしゃ》の人がタイミングよく馬さんたちを走らせる。

あ、よく見たら庭師さんの一人だ。

「町に痕跡は無いか」

「きゅっ！（ないぞ！）」

頬嚢から何かを食べているモモンガさん。

なんかもう精霊獣というより、ごく普通の野生のモモンガになっているみたいな……。

「なにたべてるの？」

「きゅきゅ。きゅ（精霊界から持ってきた実だ。魔力が回復するぞ）」

「おいしいの？」

「きゅ！　きゅきゅ！（まずいぞ！　食べてみるか主よ！）」

「え、いらない」

誰が好き好んで得体の知れないまずい実を食べるのか。

しかもそれ、頬嚢に入ってたやつじゃん。モモンガさんはヨダレとか付いていないって言い張るけど、気分の問題だよ。気分の。

「……それは、よく採れるのか」

え、まさかお父様、これを食べたいの？

「精霊の住む場所には、多種多様な植物や鉱物があるという」

「ベルとうさま、ものしりです！」

「きゅきゅ！（精霊界のことならば我のほうが知っておるぞ！）」

そういうことじゃないから。

あと、実から出た汁を服に付けないでね。セバスさんに（モモンガさんが）怒られるから。


相変わらず王宮は広い、そして大きい。

そういえば、ここの王様ってお妃様が二人いたんだっけ……と脳内ふわふわ設定を思い出す。確か王宮内で起こるお家騒動の展開を書こうと思っていたんだよね。（迷惑）

毎度思うんだけど、この「思い出す」タイミングが遅い気がする。

以前も感じていた誰かに何かを操作されている感覚。原作者の流れが絶対であるならば、私はこの世界でもっと無双《むそう》できるはずなのに。

これって、まさか……。

「たんとうへんしゅう……」

「どうしたユリア？　疲れたのか？」

「だいじょうぶです。まだあるけます、ベルとうさま」

「……そうか」

不満げな顔のお父様と手をつないでいる私は、早歩きで移動している。

少し先を歩くモモンガさんが『ハイイロ』の痕跡がある場所に案内してくれているのだけど、意外と動きが速いのだ。

お父様に刻まれた魔法陣は、私の体の一部が触れていれば作動しない。

たとえ手が離れても、お父様の服の裏に精霊石を仕込んであるから大丈夫だ。

モモンガさんいわく「一日くらいならいける」とのこと。

「おや、愛らしい姫を連れていると思えば、噂《うわさ》のフェルザー侯爵ではないか」

「……クリストハルト殿下」

軽く頭を下げるお父様を見て、慌てて私も頭を下げる。

ちらりと見えた青い髪と金色の目を持つ少年は、この国の第二王子だ。

ところで「噂のフェルザー侯爵」って、どういう意味だろう？

「本当に娘を溺愛しているのだな。ただの噂と思っていたが、真実であったか」

噂って、私のせい？

「……ユリアーナは唯一ですので」

「なるほど」

何が「なるほど」なのかよく分からないけど、まさか王子様にまで自重せず常時娘ラブ全開モードですみません。本当にすみません。

あ、モモンガさんが向こうで呼んでるよ。

「おとうさま」

「……うむ。殿下、この先へ入ってもよろしいですかな？」

「この先に？　そうだな……私が同行しよう」

「助かります」

「父上から『フェルザー侯爵の要望には必ず応えるよう』言付けられているからな」

さすが、デキる王様は違うね。

どこぞの色ボケ王のいる国とは大違いだ。あ、今は違う王様だったか。

なんで王子様が同行するのかと思ったら、いつの間にか王族の住まいに入り込んでいたらしい。

基本、お父様は王宮内を自由に歩けるから私を連れていても問題ないのだけど、さすがに王族のプライベートゾーンに入るのは難しいだろう。……王子様が軽くＯＫ出しちゃったけど。

すると先を歩いていたモモンガさんが、いくつかあるドアのひとつを前足でテシテシ叩いている。

テシテシかわいい。

「モモンガさん？」

「きゅきゅっ（こっちのほうから匂うぞ）」

「殿下、こちらの部屋は？」

「……正妃《せいひ》様の部屋だ」

王子様……クリストハルト殿下は第二妃の子だ。

でも脳内ふわふわ設定だと、この国の王と妃たちに不和《ふわ》は無かったはず……。

心配そうにお父様を見る王子様。たぶん何の用かと思っているんだろうな。

モモンガさんは、さらに前足でテシテシ叩く。

「きゅきゅっ！（この部屋から、さらに奥へと続いているぞ！）」

「殿下、この奥に隠し通路があるのでは？」

「そうだが……まさか⁉」

「何かあってからでは遅い。通らせてもらおう」

私を抱き上げたお父様は、部屋の中へと入っていく。

華美《かび》ではない上等な家具と絨毯に、控えめな色調の壁紙やカーテン。お妃様のセンスの良さがうかがえるね。

素早く入り込んだモモンガさんは、何もない壁のところをテシテシ叩く。

「きゅ！（ここから風がもれておる！）」

「……うむ。我らはすぐに戻るので、殿下は部屋でお待ちを」

「私も行くぞ！　幼子《おさなご》が行くのに、私だけここにいるわけにはいかない」

いやいや私が行くこととは関係ないでしょ。あなたは王子だから待ってなさいってことでしょ。

「モモンガさん、きけんは？」

「きゅきゅ！（匂いだけだから危険はないぞ！）」

「ん？　その動物は……」

やばい。つい普通に話してしまった。

するとお父様が王子様も担《かつ》ぎ上げる。

え？　王子様も？

「フェ、フェルザー侯爵!?」

顔を真っ赤にして慌てる王子様。

そうだよね。お兄様と同じくらいの年齢に見えるし、いくらなんでも抱っこは恥ずかしいよね。

幼女にも分かるよ、その気持ち。

「これが嫌なら、ここでお待ちを」

「ぐっ、ぬ……わかった……」

渋々《しぶしぶ》頷く王子様。

でもお父様、それだと両手が使えないのでは？

「手がなければ足で戦えばいい」

パンがなければお菓子でみたいな理論を展開する某マリーなお父様。

なんかもうそれでいいよ。

王子様の顔がずっと赤いのが気になるけど、さっさとモモンガさんチェックを済ませちゃいましょう。

71　ほめられてしかるべき幼女

モモンガさんがテシテシ前足で叩いている壁を、お父様が軽く押す。

……足で。

「ユリアは真似をしないように」

しませんよ。そんなお行儀《ぎょうぎ》の悪いこと……いや、前の世界での私は足でドアを閉めてたりしたような気がする。いやしてた。（確信）

レディなんだから気をつけないとダメね。おほほ。

まだ顔を赤くしてる王子様と私を片腕ずつ抱っこして、暗い中石段を降りていくお父様。

大丈夫？　疲れない？

「侯爵は、暗くても平気なのか？」

「夜目《よめ》がきくので、お気になさらず」

「さすがフェルザー侯爵……王家の守り……」

変なところで感心している王子様。

実は私も夜目がきくんですよ。ふふふ。魔力が見えるのを応用しているので、お父様とはちょっと違うやつですけどね。

ところで王子様、ずっとお顔が赤いようだけど、もしや風邪ですか？

階段は下へ下へと向かっている。

途中分岐もないから迷わないけれど、細くてクネクネしているから方向感覚が……。

「ペンドラゴンを連れてくるべきだったか」

「まりょく、わたしにもみえます」

「いや、出来ればアレには触れさせたくない。ユリアのように清らかで純粋な心を持つ乙女には、危険なものだからな」

うん。

お父様、いつになく文字数多めに話しているけど、内容がバグっているね。私の中身は清らかでも何でもないですよ？くたびれたアラサーですよ？

「……父上から話を聞いていたが、これは相当だな」

「ベルとうさまが、なんか、ごめんなさい」

「いや、大丈夫だ」

あ、王子様の顔色が元に戻りましたね。よかったです。

「きゅっ！（ここだっ！）」

モモンガさんが鳴き声で知らせてくれる。

扉の向こうに何があるんだろう？

「妹の……第二王女の部屋がある場所だ」

ええと、教わったことを思い出してみよう。

正妃様の子どもは王女二人。第一王女は隣国に嫁ぎ先が決まっていて、第二王女は私と同じくらいだったかな？

第二妃様の子どもは王子二人。どちらも優秀で、第一王子は次期国王と見ている人が多く、第二王子は外務官を目指しているとか。やるな青髪王子。

私のふわふわ設定記憶が正しければ、何年後かに正妃様は王子を生むんだよね。そしてお家騒動に……。

「ユリア？」

「だいじょうぶです」

しっかりとお父様の胸元にしがみついた私は、こくりと頷いてみせる。

そして、とうとう王子様は肩に担がれてしまう。ぐぇって言ってて苦しそうだけど、しばらく我慢してもらおう。

「きゅきゅっ（誰もいないようだな）」

「ベルとうさま、だいじょうぶです」

「うむ」

うっすら光の射す部分を、軽く押すお父様。（足で）

「誰もいないのか？」

「人の気配は無いようだが……ユリア？」

「ベルとうさま、まど」

やたら風の魔力が流れると思っていたら、実際に風が流れ込んできていた。

窓が開いている。それも全開で。

モモンガさんが、ふわっと飛んで窓枠にしがみつくと外を確認してひと鳴きした。

「きゅー!!（こっちだ主たち!!）」

そのまま飛び出したモモンガさんに驚いたけど、どうやらここは一階のようだ。

お父様が私と王子様を抱えたまま、窓の外に出る。

え？　出ちゃうの？

「ひぇ!?」

「ぐぇっ」

肩に担ぎ上げられた王子様から変な音が出てるけど、お父様は気にせず魔力の氷で滑り台のようなものを作っていく。

「怖かったら目を閉じなさい」

「だ、だいじょぶですー」

「ぐぇぇ」

一階とはいえ、王宮は外から侵入されないよう高い位置に窓がある。そこから氷の滑り台で降りる「お父様　with　幼女と王子」だ。

モモンガさんが飛んでいく方向に向けて、さらに魔力で氷をつぎ足していくお父様。

「きゅ！（見つけたぞ！）」

風をあやつり、急滑空するモモンガさんに負けじと氷を出すお父様。

さらに強く胸元にしがみつく私は、安心安全お父様抱っこなので無事だ。ちなみに王子様の反応は無い。

「……あれか」

どこぞの大きな公園を彷彿《ほうふつ》とさせる王宮の庭。

点在する植え込みの一つに、オレンジとピンクが見える。

頭を抱え、しゃがみ込んだまま動かないのを見ると、もしかして隠れているつもりなのかしら？

「うっ、げほっ、シャルロッテ……か？」

「第二王女か」

弱々しくむせている王子様は、派手なピンク色のドレスの子に声をかける。すると振りむいた彼女の深い緑色の目は、私たちを強く睨みつけてきた。

「シャルロッテ、何を持っている？」

「なにもない！　ほうっておいて！」

「第二王女、その手に持っているものを放しなさい」

「いやよ！」

何か布のようなものを握りしめている王女を、お父様は動かずに見ている。

取り上げればいいのでは？　と思って魔力を練ろうとしたらモモンガさんに止められる。

「きゅっ！　きゅきゅっ！（主！　アレに触れてはならぬ！）」

「じゃあ、どうすれば……」

「ユリア、ここで待て。殿下もです」

「ベルとうさま⁉」

「侯爵……承知した」

王女が持っているものが危険だと察したのか、王子様はお父様にしがみついている私を引き離す。

そして私が離れたことにより、お父様の服に仕込まれている魔法陣が作動するのが分かる。周りの魔力がそこに集まったからね。

「モモンガさん！」

「きゅきゅ……（大丈夫だ。氷のは異なものに触れたことがある……）」

だからといって、安全というわけじゃないだろう。

王女に向かっていくお父様を追おうとしたところで、周りの気温が一気に下がる。

「ち、ちかづくな！」

「それを、どこで？」

「お、おうじょにむかって、ぶれいな！」

「陛下が厳重に保管していたはず。それを、第二王女が見つけた？」

近づくお父様から逃げようとする王女様だけど、それは叶わない。

「ちかづくなっ、わっ、ぶべっ⁉」

いつの間に地面に凍りついていた王女様の両足。

気づかず走り出そうとしたオレンジ髪の彼女は、その勢いのまま顔面から倒れ込む。衝撃で手から離れた布は一瞬で氷に包まれる。

「ユリア」

「はい、ベルおとうさま」

触れなければいいだろうと、流れる風の魔力をちょちょいと借りて氷のかたまりを浮かせる。

驚いた様子の王子様にドヤ顔をしていると、すかさずお父様に抱き上げられた。

「ユリア、よくやった」

「えへへ」

「すごいな、まだ幼いのに、なんと繊細《せんさい》な魔力操作を……」

なんかこんな簡単な魔法で褒められると、もしかして自分はすんごい幼女なのかなって思っちゃう。気をつけよう！　勘違い！

じゃあ王宮に戻ろうかってところで、何か忘れているような気がしたけど……。

「……ぶふぇ」

ま、いっか！

72　深淵《しんえん》を覗かない幼女

いや、忘れたらダメなやつだった。

あんな困ったちゃんでも、一応この国の王女様だった。

「ベルとうさま、おうじょさまは？」

「……王女？」

いやいやお父様、忘れるの早すぎですから。

「……あ、シャルロッテ」

そして王子様、お前もか。

「きゅきゅ！（しばし待て！）」

私の肩から風をまとって、ふわりと浮き上がるモモンガさん。前はもっと速く飛んでいたけど、最近は低速飛行をおぼえたらしい。

風の精霊に無茶振りしたら出来るようになったと言ってたけど、そんな芸人気質の精霊、なんかイヤだ。

ふわふわ向かった先にいるのは、泣きべそをかいてるオレンジとピンクの女の子。

ちょっとツリ目の美幼女は、派手派手しいピンクのドレスのせいで全体的に残念な感じになってしまっている。

私だってファッションセンスがいいわけじゃないけれど、蛍光に近いピンク色ってどうよ？　そもそも染色とかどうやってるんだろう？（異世界あるある）

「どうしたの？　モモンガさん」

「きゅっ！（何か残っておる！）」

「ひっ、こっちにくるな！」

王女様は動物が苦手みたい。

アレルギーとかなら申し訳ないと思ったけど、モモンガさんは精霊獣だ。以前「この体は精霊の力で形を作ったものである！　精霊獣に抜け毛なぞないわ！」と怒られたことがあるし。

アイドルはトイレ行かないみたいな理論だなぁと思ったのは秘密だ。

「きゅ！　きゅきゅ！（ここか！　ここなのか！）」

「なにをする！　やめよ！　いたいいたい！」

「きゅ！　きゅ！（これでもか！　これでもか！）」

王女様の頭に張り付いたモモンガさんは、前足で顔をベシベシ叩いている。いつものテシテシとは違って、かなり痛そうだ。

「大丈夫か？　シャルロッぶふっ」

「なぜわらうのだ！」

肩を震わせて笑う王子様に、怒り心頭《しんとう》に発する王女様。

私はお父様の胸元をぽすんと叩く。

「ベルとうさま、かがみを」

「うむ」

氷の魔法で作られた鏡っぽいものを受け取った王子様は、顔が映るよう王女様に向ける。

「いやあああああ!?」

王女様のお顔に、たくさん付いているモモンガさんの肉球スタンプ。(薄紅色)

「きゅー(これでしばらく保てばいいが)」

「何かあったの?」

「きゅきゅ(この人間、心根《こころね》の闇《やみ》が深いのだ)」

どんな人間にも闇の部分がある。魔獣はそういう負の部分から生まれるのだけど、多くの憎しみに囚われた人は魔獣化することがあるという。そうしたらもう、戻れなくなるんだ。

「ベルとうさま、おうじょさまはたすけられる?」

「陛下には伝えておこう」

お父様の美しく整った顔は無表情のままだけど、わずかに眉をしかめているのが分かる。これはたぶん、困っている時の顔だ。

基本的にお父様が嘘をつくことはない。だから、私に出来ることだけを言ってくれたのだと思う。

王女様も「あの人」のようになってしまうのだろうか。もしかしたら、私も……。

「ユリアは大丈夫だ」

「ベルとうさま……」

「どのような事があろうとも、ユリアには私がいる」

キュッと抱きしめられて額にキスされれば、なんだか体が温かくなってくる。さっきまでの不安が嘘みたいに心が軽くなるのを感じた。

「まさかロリ……」

「それ以上はいけない、シャルロッテ」

王女様と王子様のやり取りも何のその。お父様の愛は止まらないのであります。（言っててちょっと恥ずかしい）

とりあえず、凍らせた『ハイイロの布』は王宮で厳重保管することになった。燃やすか埋めるかすればいいと思ったけど、これは一種の呪いを振り撒くアイテムみたいで、滅するには「勇者」の力が必要とのこと。

この世界に「勇者」が存在していないということは、負を滅する力が存在しないということになる。ちなみに、その滅する力は精霊王が与えるものなのだ。

……おや？

「せいれいおう？」

「きゅ？（む？）」

「モモンガさんのところなら、どうにかできるのでは？」

「きゅきゅ⁉（むむ⁉）」

さてはこのげっ歯類《しるい》、己の本分を忘れていたな？　精霊界なら、この厄介な布を処理することもできるよね。力が満ち溢《あふ》れているだろうからね。ね。

「きゅ…（今回だけだぞ…）」

本当は我はここに存在してはならぬのだとか、ぶつぶつ言っているモモンガさん。嬉々《きき》として精霊界から遊びに来ているくせに生意気な。

それにしても、思いがけず会えた第二王子はなかなか良い少年だった。王族に対するモモンガさんの暴挙《ぼうきょ》も許してくれたし、ぴぃぴぃわめいているだけの王女様を魔法でちょちょいと黙らせていたし。ちょっと気になるところがあったけど、それは解決済みだ。え？　何が気になったのかって？　それはその……ほら……王子様がやたらお父様に見惚《みと》れてたからさ、なんかちょっとだけ気になっちゃって。

や、やきもちじゃないよ⁉

「どうしたユリア？」

「なんでもないです！」

帰りの馬車に揺られながら、安定のお父様膝抱っこでぬくぬくしていた私は、考えが伝わらないよう心を無にする。

でもこういうモヤモヤみたいなのは、お父様やセバスさんに伝わらないことが多い。この前の家出事件の時も伝わらなかったみたいだし。なんだろう……この絶妙なさじ加減……。

「そうだ、ベルとうさま。ぎんいろのかみって、めずらしいですか？」

「珍しい方ではある。貴族では確か……ベルトラム伯爵の子がそうだったか」

「なるほどー。かわいいですか？」

「剣の腕はそれなりと聞いている。後継ぎとして申し分ないと伯爵が自慢していた」

「あとつぎ？」

こてりと首を傾げる私。

いやでも王子様がお父様に見惚れていた理由を聞いたら、「好きな子と同じ銀色の髪だから」と言ってたはずで……。

「何かあったか？」

「……なんでもないです」

うむ。

私は何も聞かなかった。知らなかった。

73　自立を考える幼女

「おにいさま！　ただいまもどりました！」

「おかえりユリアーナ」

屋敷に戻ったお父様と私を玄関で迎えてくれるのは、お兄様とセバスさんだ。

最近よく微笑むようになったお兄様に駆け寄ろうとするも、お父様に抱っこされている状態で身動きがとれず。

そんな私の葛藤《かっとう》を知ってか知らずか、お兄様はお父様に向かって優雅に一礼する。

「ご無事で何よりです、父上」

「うむ。学園の許可は？」

「休学届を出してきました。学園の総会運営も……何とかなるでしょう」

「そうか」

学園でも家でも働いているなんて、有能すぎるお兄様が可哀想すぎると思う。

お父様を見上げた私は、その整った顔をジッと見る。

「……」

ジッと見る。

「……領地経営は、手を貸す」

「父上、ありがとうございます！」

目をキラキラさせたお兄様。

でも、お父様は当主の座を譲ったのを言い訳にして、これからもサボる気満々だった気がするよ？　アロイス君だった時のお父様、けっこう楽しそうだったし。そしてお兄様の後ろで控えているセバスさんもコクコク頷いているし。

あ、そうだ。

「おとうさま、にわ、いきたいです」

「庭に？」

「何をするんだ？」

お父様とお兄様に問われて、ちょっとドヤ顔になる私。

「じゅんびをするのです」

以前、市場で購入した色々なハーブ系の種ですが。

私のやりたいことを察したセバスさん指示の下、庭師さんたちがいい感じに育ててくれているのだ。ありがたい。

侯爵家の広すぎる庭の一角に、畑がひとつ入るくらいの大きさはあるハーブ園。

しばらく来れていなかったから、ここまでたくさんのハーブが群生しているとは思ってなかったよ。庭師さんたちが庭師で活躍《ほんぎょう》してくれたおかげ《かげ》だね。

「これはもしや、ユリアが作ってくれた『お守り』の花か？」

「はい。せいれいかいには、ひとのつくったものは、もちこめないとききました」

「なるほど。植物なら……ということか」

「父上、ユリアーナの作ったブーケは指示通り身につけるようにしておりますが、学園でもかなり助けられております」

「そうか。さすがだな、ユリア」

「えへへ？」

いや、以前のスケルトン大量発生の騒ぎならともかく、お兄様が『魔除けのブーケ』に助けられてるって……学園に何がいるの？　大丈夫なの？

あの時、セージをはじめとした魔除けの植物だけじゃなくて、唐辛子とかスパイス系も盛り込んだものも作った。ブローチくらいの大きさのものから部屋に飾るリースまで、私ひとりじゃ手が回らないからと、マーサやエマも手伝ってくれたっけ。

「おにいさま、ごぶじでなによりです」

「ああ、前は女生徒の申し出を聞いていると仕事が進まず困っていたが、それがなくなった」

「もうしで、ですか？」

「よく分からないのだが『あなたの孤独を癒してあげる』だの『家族のあたたかさを教えたい』だのと言われ……たぶん、人違いだと思うが」

それを聞いたお父様の眉間に思いきりシワが寄る。そして私も同じ顔をしていると思う。

ちょっと肌寒いからお父様のお怒りモードですね、分かります。ユリアーナも同じ気持ちですから。ぷんすこ。

「ヨハンは……孤独なのか？」

「いえ、そんなことはありません！」

父上もユリアーナもいるから孤独でも何でもない、と、頬を染めるお兄様が可愛い。お父様も口元を緩めてお兄様の頭をポンポンするから、さらに顔が赤くなっている。あらあらうふふ。

それにしても、謎の女生徒は気になる。学園に通える年齢でもないし、せめて私は漢字（イメージ）で話せるくらいならないと何もできなさそう。
そういう女子には口で負かされそうだからね。こわいこわい。

「じゃあ、おまもり、もっとつくらないと！」

「ありがとうユリアーナ」

何かあった時用に、激辛スパイスをふんだんに入れた目つぶしとかどうだろう？　なんてね。

ちなみにハーブ園は、屋敷内の人たちにも好評だったりする。

私が「自由に使っていい」と伝えていたのもあって、料理人さんたちが調理に使っているからだ。

肉料理や魚料理、スープにサラダ、お菓子にも使えるからね。万能だよね。


庭から部屋に戻った私たちは、各自精霊界へ向かうための準備に取りかかる。

とはいえ、私の準備はマーサたちの手を借りることになるから、お兄様みたいにひとりで出来ないことが多くてちょっと落ち込む。

当たり前のように、お父様の膝抱っこを堪能しつつティータイム。ハーブを採ってすぐにお茶として出す「フレッシュハーブティー」は、心も体もすっきりした感じになるから好き。

「ハーブを練り込んだクッキーやパウンドケーキ、ハーブ入りの茶葉と、ハーブの入った調味料も入れておきます。保存食ばかりでなく、ちゃんと温かい料理を食べる場所があればよいのですが……」

料理長とマーサが、あれもこれもと荷物袋に入れている。すごい重さになりそう。これを持つの、たぶんお父様になると思うのだけど……。

「お嬢様、こちらはペンドラゴン様に『負荷軽減』の魔法陣を入れてもらった荷袋です。ご心配なく」

「さすが、おししょ」

そういえば、お気に入りのポンチョがダメになってしまったんだっけ。

新しいのどうしようと思っていたら、セバスさんがスッと差し出してくれたものは。

「あたらしいポンチョ！」

「旦那様がご用意されたものです」

「ありがとうベルとうさま！」

「……あの時に裂けてしまったからな。それに、大きくなったようだから、前よりも大きめに作ってある」

「おおきく？」

自分の体を見下ろしても、どこが成長したのか分からない。

魔力暴走がらみで成長が遅いと聞いていたから、なおさらだ。

「ゆっくりだが、ちゃんと成長をしている。ゆっくり大きくなればいい」

「はい、ベルとうさま」

お父様に刻まれた魔法陣の対処でやむを得ないとはいえ、膝抱っこされてもあまり気にならないのは私《ユリアーナ》の小さな体のおかげだ。

いずれは巣立つ身ではある。でも、今はまだこのぬるま湯のような環境に甘えていたい。

「ところで、ベルとうさまのじゅんびは?」

「セバスに任せてある」

なるほど。

もしかしてだけど、この中で一番自立しているのは……お兄様かもしれない。

74 古来より伝わりし舞に心おどる幼女

風で揺れる銀色の髪を、鬱陶《うっとう》しげにかきあげるお父様。

そして目の前にいる赤髪のダンディーなオジサマは、不敵な笑みを浮かべて口を開く。

「報酬《ほうしゅう》だ、と言っただろう? 早くこっちによこせ、息子よぉ」

「承諾《しょうだく》はしていない」

「フェルザー家の当主として、それはどうかと思うぜぇ?」

「現当主はヨハンだ」

銀色の氷と、赤い炎。

二つの色がぶわりと竜巻のようにぐるぐると渦巻《うずま》いているこの空間に、私こと幼女ユリアーナは、お父様に抱っこをされた状態で固まっている。

なぜ、こんな事に。

私とお父様とお兄様は、モモンガさんの案内で精霊界へ出発することになった。

見送ってくれるのはセバスさんと、お祖父様だ。

そう。お祖父様だ。赤髪でダンディーなオジサマだ。

孫？　の目から見ても、まだまだ現役感のすごいマッチョなイケオジは、冷静沈着なお父様とは正反対の性質を持っているようだ。

お父様が氷なら、お祖父様は炎。冷静に対して熱血。

相容れないと思われた二人だけど、驚くことにひとつだけ共通点があった。

「ヨハンきゅんと遊べたけど、ユリたんとは遊べていない！　じぃじはもっと孫と遊びたいぞ！」

「ユリアのことを、軽々しくユリたんなどと呼ぶな」

「息子ぉ……さすがにそれは心がせますぎるだろぉ……」

中身がアラサーの私としても、ユリたん呼びはちょっと、恥ずかしいかなぁ。

「ユリアも嫌そうにしている」

「ええ!?　そんなぁ!!」

心を読まないで！　お父様！

そしてダンディーじぃじ相手であれば、ユリたん呼びも許容範囲内でございますよ！

「お嬢様は、野性味溢れる男性に心惹《ひ》かれると」

「ユリアーナ……兄も鍛えるから待っていてくれ」

セバスさんメモを取らないで！　そしてお兄様はショタ味のある容姿がツボなので、そのまま真っ直ぐに育ってください！

ところで、赤髪じぃじの報酬って何だろう？

「一日ユリアを独占する権利などと、ふざけたことを……！」

お父様それ、孫を相手にする祖父としては、わりとポピュラーな権利だと思うよ？

『主の家族しかいないのなら、この姿でもいいだろう』

おお！　お久しぶりのモモンガさん小人バージョン！

手のひらサイズの真っ白な髪をした男の子は、真っ白な貫頭衣《かんとうい》のようなものを身につけている。

唯一、色があるのは薄い紫色の目だけ。

「あれ？　わたしたちだけ？」

「今日は護衛《かげ》たちをつけていない」

「そういえば、私にいつもついている護衛もいませんね」

お兄様にも護衛がついているんだぁって、当たり前か。

有名なフェルザー家の嫡男《ちゃくなん》が学園で（色々な意味で）狙われないなんてあり得ないもんね。お父様の指示で、有能なセバスさんが指示したりして、ちゃんとお兄様を守っているんだろうな。たぶん。

今の私たちは、獣人さんたちの居住区から、さらに奥に入った森の中を歩いている。

駄々《だだ》をこねていたお祖父様には「精霊界から帰ったら遊ぼう」と説得して、なんとか送り出してもらえたのだ。さすがに、今の状態のお父様と一日離れるとか怖い。

でも「息子のアレが治ったら遊ぼうなぁ！」と言ったお祖父様を、お父様が手加減なしで凍らせていたけど……大丈夫だったかな？

言葉のチョイスとか言い方って大事だよね……息子のアレって……。

さくさく森の中を進む私たち。深すぎる森には魔獣が多くいるけれど、昔から生息する貴重な生き物もいるらしく、お兄様が目をキラキラさせていた。

「ヨハンは、動植物に興味があるのか？」

「あ、いえ、学園の授業で学んだので……」

「ならば屋敷で研究すればいい。その類《たぐい》の書物は書庫にもあるだろう」

「ですが、当主としての責務が……」

「すべての時間を割り当てなければいいだけの話だ」

例のごとく子ども抱っこされている私は、ジッとお父様の顔を見る。私の真っ直ぐな視線を受けて、そっと目をそらすお父様。

「……私も仕事のかたわら、魔力の研究をしてる」

「あの忙しさで研究もされているとは、さすが父上です！」

私は知っている。時々お父様とお師匠様が「魔力の研究」と称して遊んでいることを。

ここの世界の魔法は詠唱《えいしょう》したり光ったりとかしないの？　って質問したら、なにそれ面白そうってなって中二病患者みたいな魔法開発とかし始めたんだよね。

あ、ということは原因は私になるのか。ごめんなさい。

『主、もうすぐ入り口に着くぞ』

「なんか、きりがでてきたね」

案内するように私たちの前をふよふよ飛んでいるモモンガさん。小人の姿で飛び回るそのさまは、すごくファンタジーって感じがする。

それよりも、精霊界の入り口とやらに近づくにつれ、霧が深くなってきたんですけど。気温も下がり肌寒くなってきたけど、新しいポンチョがあるから平気だ。さらにお父様に抱っこされているから、温かくていい感じに眠くなるよね。危険。

「この霧の中は危ないな」

「父上、風を使っても？」

『いや、これは精霊界に近いから守りの力が動いている。しばし待て』

白い小人モードのモモンガさん（ややこしい）が、何やら踊りのような動きをしている。

え、何それかわいい。パラパラという古《いにしえ》の舞みたいな踊り。

『ええいうるさい！　今の我は風を呼んでおる！　静かに見ておれ！』

うるさくしてないよ。心の中でしか話してないよ。

『主は心の声がうるさいのだ！』

理不尽《りふじん》!!

75　それだけでいい幼女

サイドステップを踏みつつ、パラパラと手を動かして踊っていたモモンガさん（人型）。

『ふんっ！　ふふふふんっ！　ふんっ！　ふぁいあっ！』

小さな手足を懸命に伸ばし、ビシッと決めポーズをすると強い風が吹いてきた。

すると一気に霧が晴れ、日の光と鳥の鳴き声が戻ってくる。

『これで精霊界に入れる。それと、主に伝えておかねばならぬことを思い出した』

「なぁに？」

『精霊界に入ると我は本来の姿に戻る。ここでの姿は仮であるからな』

「しってるよ。もっとおおきいのでしょ？」

『大きい……それはまぁ、間違いではないのだが。精霊界に入れば主の姿も変わるぞ』

「姿が？　毛玉、まさかユリアに危険が？」

ふぉ、急に寒い！　お父様落ち着いて！　モモンガさんが冬眠しちゃうから！

『落ち着け氷の。危険も何も、精霊界ほど安全な場所はないのだぞ』

「なら、何があるんだ？」

お兄様までブリザードを！　それって遺伝？　遺伝なの？

体に霜をつけたモモンガさんが、ブルブルっと体を揺さぶって叫ぶ。

『落ち着け氷ども！　主が本来の姿になるだけだ！』

本来の姿？

ふわっと浮き上がったモモンガさん（人型）は、私の肩に乗ると耳元で囁いた。

『主の魂《たましい》を形作っている姿になると言うておる』

魂を形作っている？　たましいの、かたち？

『今の姿から変わるかもしれんということだ』

ど、どどどどうしよう⁉

私の魂って、ほぼ前世の私がメインになっているよね？

つまり精霊界に入った私は、このフワッフワな美幼女から、前世の疲れたアラサーにミラクル☆マジカル☆チェンジしてしまうってこと⁉（超早口）

『落ち着け主よ』

無理！　落ち着けるわけがない！

お父様から離れる言い訳として、恥ずかしげもなく「おしっこ！」と叫んでしまうくらい動揺しまくっている私が、どうやったら落ち着けると言うのか。

でも……慌ててもしょうがないんだよね。

ここまで来ちゃってるし、私がお父様と行動を別にするわけにもいかない。あの拗れた魔法陣が発動しちゃったら、何が起こるか分からないのだから。

「よし、おちついてないけど、はらをくくったよ。でもこわい」

『我々精霊は外見よりも魂を重視するのだ。まさかここまで主が取り乱すとは……すまない』

「うん、まぁ、しょうがないよ……」

どうしよう。

私が何よりも恐れているのは「私が本来の姿」になったことで、お父様に嫌われることだ。

しょうがないと言ってても体は勝手に震えてくる。

『主……』

くよくよしてても何も解決しない。ここまで来たんだ。

「こんじょうで、やるよ！」

そしてあまり長くここにいると、心配したお父様が来ちゃうから花摘（トイレ）もサクサクすませるよ！

一歩踏み出した私たちの目に飛び込んできた色は「白」だった。

地面も森の木々も真っ白なのに、空は青い。いや、空が青いのは普通か。

私たち四人が足を踏み入れた途端、鬱蒼《うっそう》としていた森の風景から一変したのには驚いたけど……。

ここが精霊界、なのかな？

お父様とは手を繋いでいる。抱っこされてる時、急に大きくなったら困るからね。

『ここは人の世界で言うところの、玄関、のような場所だ』

……ってゆか、この人は誰？

『我は我だ！　主よ！』

冗談ですよ。

掌サイズだった人型モモンガさんが、すっかり大きくなりましたとさ。

真っ白な長い髪と肌、服も真っ白だけど目だけ紫という手のひらバージョンからアダルトバージョンになったモモンガさん。とてつもない美青年になっている。

お父様もお兄様も美形だけど、それよりも整いすぎた美しさというか……。

『人型のほうが便利だからな。手もあるし』

どうやら別の姿もあるもよう。モフモフだったらぜひともモフらせていただきたいものです。

「その姿……ユリアーナなのか？」

驚いているお兄様に私は首を傾げる。

手を繋いだままのお父様を見上げてみるけど、相変わらずの無表情でいまいち状況がつかめない。

『ほう、主の本来の姿は、そういう色なのだな』

へ？　色？

ぼんやり考えている私の前に、するんと鏡が現れる。

『主、自分の魂の姿を見てみよ』

クリーム色の肌に薄茶色の瞳。

まっすぐで長い黒髪。

どこか懐かしい凹凸《おうとつ》の少なめな目鼻立ちに、思わず鏡に張り付く私。

何だ？　何だこれは？

「これが、私？」

姿が変わっていることに気づかないのは当たり前だ。

お父様とお兄様に向ける私の目線の高さ、全く変わってないんだもん！

「なんで⁉　確かに姿は変わってるけど、ちょっと成長したくらいって……」

『なぜと我に問われても困る。それは主の魂の姿。ありのままを現したもの』

「でも、私……‼」

思わず口を押さえる。この姿になった私を見たお父様が、何も言ってくれないことに気づいたからだ。

「あ、あの、ベル父様？」

「……」

無表情のまま口を開かないお父様。

どうしよう、やっぱり姿が変わるなんておかしいんだ。

だってお父様とお兄様は変わってないし、魂の形なんて言われても「なんだそれ」って感じだろうし……。

どうしよう。

嫌われたくない。

甘やかされなくてもいいから、せめて……。

「私」を否定しないでほしい。

ひとりうつむく私の横で、お兄様が静かに語りかけている。

「父上、ユリアーナは、やはり……」

「……うむ」

ずっと無言だったお父様が重々しく頷くと、ふわりと私を抱き上げる。

え、なに？

「古き言い伝えにある、伝説の『太陽の姫と宵闇《よいやみ》の姫』のようですね」

「うむ、蜂蜜色の髪と対をなす黒髪の美しさ……ユリアーナは外見だけじゃなく、魂も愛らしいのだな」

その伝説どっからきたの？　そんな設定あったっけ？

「この姿も絵として残しておきたいですね、父上」

「前と同じ絵師に頼むか」

待ってくださいお父様。前と同じってことは、すでに私の絵を描かせていたってことですよね？

一体いつの間に？

あ、目をそらした！　さては私が嫌がると思って黙っていましたね!?

もう!!　もう!!

なんか……もう……。

嫌われなくて、よかったぁ……。

◇とある精霊王は毛玉に戻りたくない

我は精霊王である。名前はまだない。

主は「モモンガさん」などと呼ぶが、人型になった今としては微妙な仮名《かめい》となってしまっている。

心を読んだところ、我の主は自称「二度目の人生を送っている幼女」らしい。

確かに人間世界の常識に疎《うと》い我でも、主は年齢のわりに聡明《そうめい》だと思う。実際、大人顔負けの学力を持っていると感じることは多々あった。

我は精霊を統《す》べる王である。

基本、精霊というものは相手がどのような存在なのかを『魂』で判断するもので、王である我には見えない存在《もの》は皆無《かいむ》なのである。

だがしかし。

初めて主を見た時、我の目に鮮明に映り込んだのは「黒髪の少女」だった。

今の年齢よりも少しだけ成長した姿は愛らしく、その外見は人間たちの庇護欲をそそるだろう。

人の中には、稀に現世と違う姿を持つものもいるが、ここまで鮮明に見えるのは初めてのことだった。悠久《せいれいおう》の時を漂う我が、まさか初めての経験をしてしまうとは。

「これが私？　なんで⁉　確かに姿は変わってるけど、ちょっと成長したくらいって……」

なぜその姿なのか。

それは、主の魂の姿が「それ」だからだ。

ありのままの姿だと伝えても、なぜか主は落ち込んでいるようだった。まさか、もっと歳をとった姿だと思っていた、とか？

いやいやそのようなことはないだろう。思い出してみよ。主が今までどのような行動をとってきたのかを。

氷の親子が「主の（魂の）絵姿を残すにはどうすればよいのか」などというやり取りをしているのを、それをどう阻止しようと必死な主を、我はジッと見る。

「ん？　モモンガさん、なに？」

「……いや、気にするな」

「ちょ、その言いかた、絶対気になるやつ！」

「……魂の姿だと、主は噛まないのだなと思ってな」

「当たり前でしょ。私は元々アラサーだったんだから」

「む？　あらさー？」

「三十代くらいってこと」

「まったく主は、妙なことばかり言いおって」

「おかしくないもん！　本当だもん！」

肉体と魂の姿は違うこともある。ということは、主が言い張っている「三十代」は魂の年齢を指すのだろう。しかし、今の外見は幼い少女であり、正しい意味で主の「魂の年齢」ということになるのだが……。

「……ぷっ」

「あーっ！　笑った！　いま笑ったでしょ！」

いやいや笑ってはおらぬよ。口から空気が漏れただけ、というやつである。

さて。

精霊界に入ったところで、氷と主が離れても大事ない状態となっている。今の我がすることは、氷の背に刻まれた魔法陣の解析《かいせき》であるのだが……。

「主よ」

「なによっ！　モモンガさんなんか、帰ったらモッフモフにしてやんだからっ！」

「そ、それはさておき、だな。氷の親子が……」

けっして話をそらしたい訳ではなく、氷の二人がこの場を離れたことを伝えたいだけだ。

「あれ？　お父様とお兄様は？」

「ふむ……案ずるな。じきに戻ってくる」

どうやら氷に惹かれた精霊たちが、彼らを連れて行ったようだ。

用が済めば戻ってくるだろうし、特に問題はないはず……なのだが。

「モモンガさんには分かるの？」

「主よ、我は精霊たちを統べる今代の王ぞ。精霊界で起こることは全て把握しておる」

「つまり、お父様とお兄様は精霊に連れて行かれたってこと？」

「……なぜそう思う？」

「なぜも何も、お父様たちが何も言わずに姿を消すとか、有り得ないでしょ」

我が主と出会った頃は、このようなことを絶対に言わなかっただろう。

しかし精霊界で「魂の姿」まで見られた今、氷たちから揺るぎない愛情を感じた主は、さすがにもう「嫌われないようにする」などと、あさっての方向に頑張ることはないであろう。

ずっとガムシャラに動いていた主を見ていた我は、この状況を好ましいと感じているのだ。ありのままを受け入れてもらえるというのは、人間にとって重きことである。うむ。

「……成長したな、主よ」

「むぅ、体はこんなんだけど……あれ？」

不思議そうに己の体に触れている主。

精霊界に入った時の外見よりも成長しておるから伝えたのだがな……気づいてなかったのか。そしてまだまだ成長は止まらぬようだ。

これは珍しい現象である。まさか主の「魂の成長」までも見ることができるとは……。

まったく、主には驚かされることばかりであるな。

「魂が成長しておる」

「いや、ちょっと待って！　なんで服がキツくなっていくの⁉」

「精霊界では、人の世界での理《ことわり》が作動しないのだ」

確か……主の服に刻まれた魔法陣には、体形に合うよう設定されていたのだったか。

ふむ、なるほど。

「裸になるのいやあああああ」

「今、布を取り寄せておる、落ち着くのだ主よ」

「はやくしてええええええ」

体に食い込まぬよう、主の服のボタンを外してやっていたところ、痛いほどの冷気に包まれる。

「貴様……」

「む、氷の……っ!?」

人間の事情に疎い我でも、今の状況はよろしくないということを瞬時に把握する。

違うぞ。我は別に無理やり脱がしているわけではなくてだな。

「貴様どうしてくれようか……毛玉に戻った時、おぼえていろ……」

「父上、その毛玉の毛を剥いでしまいましょう」

やめよ！　誤解であるぞ！

なぜ精霊界では魔力が使えないはずなのに、体が凍っていくのだ!?

我は、我は無実なのだー!!

76　大は小を兼ねすぎる

お父様に合わせて仕立てたコートを羽織り、その中でモソモソと着替える私。服はお兄様のを借りることになりました。すみません。

「つまり、魂の成長とともに、ユリアの体も成長したということか」

『そうだ。あのままだと呼吸が出来なくなるだろう？　我は無実だ』

「仕方ないですね、父上、今回は許すとしましょう」

「うむ」

『この親子、なぜここまで偉そうなのだ……我は王だぞ……』

ごめんよモモンガさん。たぶんお父様とお兄様、人間の王家の方々にも偉そうにしてるんだよ。だからぶっちゃけ、王とかどうでもいいとか思ってるんじゃないかな……ははは……。

ところで、この体……。

「ふむ、ヨハンと同じくらいの年齢に見える。どのユリアも愛らしさは変わらないな」

「年の近い妹を持ったようで、兄は嬉しい」

やっぱり、アラサーの体じゃないのか。なんで前世の年齢にならないんだろう。

もしや、魂の形って精神年齢のことなんて言わないよね？　ね？

『……』

無言は肯定《こうてい》とみなすぞ！　モモンガさん！

おっといけない。のんびりしている場合じゃなかった。早く精霊界で魔石……じゃない、精霊石のある場所に行かないと。

お師匠様が「人の身で精霊界に行ったら大変なことになる」とか言ってたし。私はモモンガさんがいるから大丈夫かもだけど、お父様たちは長居したら危険かもしれない。

「大丈夫だ。さきほど精霊たちから祝福を受けてきた」

「え？　精霊たちからですか？」

「私とヨハンは銀色を持っている。それを気に入ったという精霊たちがいたのだ」

「それは良かったです！」

『主には我の祝福があるぞ！　むしろ精霊界のほうが体に負担が少ないだろうな！』

確かに、いつもより息苦しさが少ないような気がする。

私《ユリアーナ》は、魔力暴走の後遺症なのか体力がとても少ない。お父様や周りの大人たちがすぐ抱っこするし魔法もあるから、移動とか負担に感じていなかったけど……。

はっ！　ここなら抱っこじゃなく歩ける⁉

ヨハンお兄様と同じくらいの体になってるなら、体力もいい感じになっているはず！

「モモンガさん、精霊石のある場所って遠いの？」

『我がいれば、すぐだ』

細長い指をくいくいっとさせると周りの風景がぐにゃりと歪《ゆが》んで、気づけば大きな湖のある場所に立っていた。

さっきは真っ白な場所だったけど、ここは色がちゃんとある。人間の世界と違うのは、キラキラした何かがたくさん飛んでいるところ。そのキラキラがいかにも精霊界っぽい雰囲気を出している。

「えー、歩きたかったよモモンガさん」

『人の足では数日かかるぞ、主よ』

「移動してくれてありがとう、モモンガさん」

『見事に手の平を返したな、主よ』

お父様は危険がないと分かっているみたいで、ゆったりと立っている。でも眉間のシワがすごいことになってる。深い、深すぎる。

「お、お兄様、お父様が……」

「父上はユリアーナを抱き上げることができず、不機嫌のようだ」

さすがに高校生くらいの女の子を抱っこするとかさぁ……いや、それはある意味「アリ」なのかも？　お父様みたいな美丈夫に抱っこされちゃうとか、乙女の夢じゃない？

抱っこ問題はさておき。

「モモンガさん、ここに精霊石があるの？」

『うむ。ここのが一番大きいぞ』

足もとに転がっている石は、前にモモンガさんが持ってきたものと同じくらいの大きさだ。この石も精霊石なのかな？　なんかそこら辺にゴロゴロ落ちているんですけど……。

「これを持っていくのは少々目立つか……」

「お父様、何をですか？」

「精霊石だ」

お父様の視線の先にあるのは大きな湖だ。フワフワ飛んでる光が、幻想的な風景を作り出しているんだけど……。いや、ちょっと待って。

この湖、風が吹いているのに水面が揺れてないよ？

「父上、さすがにこれは置き場所に困ります」

「森に置いてもいいが、森の木を伐採《ばっさい》するのは避けたい」

「お、お父様？　これ、持っていくのは可能なんですか？」

大きな湖かと思っていた「もの」は、大きな精霊石だという。

底もよく分からないくらいの大きさなのに、これを全部持っていくの？

「学生の頃、ペンドラゴンと軍の遠征について議論していた時に、物資の輸送負担を軽減できないかという話になってな。魔法陣の構築や魔道具の開発をした」

「軍の物資……」

「それを応用すれば、私とヨハンの魔力くらいでなんとかなるだろう」

「応用……」

「さすがに国の重要機密だから教えることはできない。だが、ペンドラゴンあたりなら漏らすだろうから、興味があるなら聞いてみるといい」

「分かりました」

重要機密、とは。そしてお父様がお師匠様をどう思っているのかが分かりました。

『さすがにこれを全部持っていくと、人の世界に影響が出てしまうのだ』

「精霊界は大丈夫なの？」

『これくらいなら数年で元に戻るぞ』

「割って持っていってもいいの？」

『うむ。自分の体重くらいのものならば、人の世界に持ち出しても構わぬぞ』

「なるほど。だからモモンガさんが持ってきた石は、あの大きさだったんだね」

すごいな精霊界。でもこれでしばらくは、お父様に刻まれている魔法陣の起動を抑えることができる。帰ったらお師匠様にどれくらい持つのかを調べてもらおう。

あ、そうそう、気になることがあったんだ。

「モモンガさん、ここにいる精霊って言葉を話せるの？」

『人の言葉を理解し会話できる精霊は、我らのような高位の存在に限られておる』

「ということは、私と父上に祝福を授けた精霊は高位だったのか」

お兄様が納得している横で、私はやっぱり不思議だなと首を傾げる。

「じゃあ、どうやって精霊は人の言葉を覚えるの？　学校があるとか？」

『いや、ここにある記憶乃柱《ログライン》から学ぶことができる』

「え？　ろぐらいん？」

なんか今、変なルビが見えた気がする。

77　つい力が入ってしまう系女子

記憶乃柱とは、なんぞや。
この世界の様々な「記憶《ログ》」を集めたそれは、ひとつの「柱《ライン》」のように見えることから付けられたものらしい。
なぜ柱なのにラインなのか。それはたぶん、この世界が私の物語と繋がっているからだろう。
だって、脳内に入ってくるルビに『ログライン』とあるのは私だけみたいだし。お父様たちは別の言葉に聞こえているみたいだし。
小説を書くのに必要なものは三つある。（私の場合）
キャラクターや世界観の「設定」、話の大まかな内容を決める「プロット」、そして一番重要な「ログライン」だ。（私の場合）
ログラインは、主人公が男から女になったとしても、主要キャラクターが増えても減っても変わらない小説の要《かなめ》である。（私の場合）
なぜ、しつこいくらいに「私の場合」と繰り返しているのか。賢明な読者様なら分かってくださるだろう。

それはね、人それぞれだからね！　創作の方法なんて、皆違って皆いいってやつだからね！　正解なんてどこにもないんだからね!!

「どうした、ユリア？」

「なんでもないです。お父様」

心の中で力説しているつもりだったけど、つい何かが漏れてしまったみたい。落ち着け私《ユリアーナ》、今は創作論なんてしている場合じゃないぞ。

それよりも「ログライン」なんて名付けられていることが気になる。どう考えても、意味ありげな名称について気にならない方がおかしいだろう。

「父上、その記憶乃柱とやらには、禁呪についても記述があるのでは……」

「……うむ、そうだな」

眉間にシワを寄せるお父様。

その表情を見たお兄様は、何かに気づいたようだ。

「まさか父上、体に刻まれた魔法陣を解除するつもりはない、などと申しませんよね？」

「それは……ない」

お父様、その「間」は何ですか？　まさか私《ユリアーナ》を合法的？　に抱っこできなくなるとか考えていませんよね？

『確かに、そこまで拗れた魔法陣を解除するならば、あれにその糸口があるやもしれぬ。案内してもいいぞ』

「おねがい、モモンガさん！」

『うむ、主の願いを叶えるのが、我の願いであるからな』

すごくいいことを言っているモモンガさんだけど、お父様の恨めしげな視線を気にしているのがちょっと締まらない感じ。

私も知りたいことがあるし、とりあえず案内してもらいましょう！

ふたたび空間を歪めたモモンガさんは、今度は神殿のような建物の前に私たちを移動させた。

いや、建物じゃない。

大きな岩山を彫《ほ》って神殿みたいにしたやつだ。前世にネットで調べた時に見たことがある、世界遺産のあの神殿は赤っぽい岩だったっけ。

精霊界は白色か銀色が多い。でも、真っ白に見えるモモンガさんは、他の白いものと比べたら薄い紫に見える不思議。

『精霊とは主の色に染まっていくものだ。まだ仮の契約だから薄い色だが』

前々から思ってたんだけど、精霊王が人間と契約するとか大丈夫なのかな？

『むしろ主と仮契約したことで、我は人と精霊の世界を行き来できるようになったのだが』

なるほどー？　よく分からないけど、色々と便利になったってことかな？

モモンガさんの案内で、巨大な岩山の神殿に入っていく私たち。

お父様とお兄様は物珍しそうに周囲を見ているけれど、私は奥にあるぼんやりとした光から目を離せない。

暗闇の中でうっすらと光るそれは、どこか見慣れた色で……。

『主?』

「モモンガさん、あの光は……」

「光?　見えるかヨハン?」

「いえ、何も見えませんが」

お父様とお兄様は不思議そうにしているけれど、私の目には光のように見える。そんな私を見たモモンガさんは、ふむふむと頷く。

『なるほど。もしや主に連なる記憶《ログ》かもしれぬな』

「ユリアに連なる記憶?」

素早くお父様が反応しているけれど、いやいやちょっと待って。私に連なる記憶とか嫌な予感しかしないんですけど。

「父上、あそこの光は見えますか?」

「……うむ、見えるな。ユリアは?」

「見えます」

お兄様が指さす方向に目を向ければ、アイスブルーに輝くキラキラした光がある。

私の見えている、うすぼんやりした光とは大違いだ。

『ふむ、それは主たちに連なる記憶の欠片《かけら》であろうな』

「なるほど。フェルザー家のものということか」

「ということは、ユリアーナにしか見えない記憶というのは？」

聞きたそうに私を見るお兄様と、無表情のお父様。

うん。そうだよね。

精霊界に来て私だけ姿が変わってしまったことは、お父様とお兄様の「ユリアーナLOVE」で（なぜか）誤魔化《ごまか》された感じだったけれど……。

実際は、なぜそんな事になったのか疑問を持っていたと思う。私だったら何でそうなったのか聞きまくると思う。

もう、認めよう。私は甘やかされている。

まごうことなく、とてつもなく、ただひだすらに、私は甘やかされている。

気がつけば目の前にある、ぼんやりとした光。

それは四角くて、まるで……。

光の下にある黒い凹凸の右端を、慣れたように薬指で叩いた。

78　消えたり出たり系女子

「それで、今回はスピンオフというよりも、女性向けの作品をいただきたいのです」

「へ？」

出版社から少し離れた場所にある、昔ながらの喫茶店。いつもの席、いつものコーヒーの香りに癒されていた私は、一瞬何を言われたのか理解できなかった。

タブレットの画面から、目の前にいる男に視線を移した私は「何言ってんだコイツ」と心の中で呟くつもりが、うっかり声に出ていたようだ。

「何言ってんだコイツと言われましても、自分の言葉は編集部の総意なのですよ」

「マジですか」

「マジです」

女性作家という存在でありながら、男性向けのラノベをメインに書いていた私。

先週まで、目の前にいる担当編集と「私は恋愛ものを書けるほど充実した人生送ってないんで、来世にご期待ください」「それは自分もですよハハハ」などと仲良く言い合っていた気がするのだけど。

「他にも女性作家さんいるでしょ？　よりによって、なんで私？」

「いやほら、この前の悪役だった侯爵様の挿絵が思った以上に女性読者から好評価だったんです。んで自分が編集長に『悪役っぽい氷の侯爵様に愛されちゃう主人公とかどうでしょう』なんて提案したら通っちゃったんですよねー、あははっ」

「あははっ、じゃない！　私が恋愛もの書けないって知ってるでしょーが！」

「それですよそれ。うちのレーベルは女性向けをメインに出してはいないんです」

「は？　だから？」

「ですから、恋愛要素は薄くてもいいんで、とにかく女性読者を増やしたいという編集部のアレですよアレ！」

「うっすうすなアレ？」

「透けて見えるくらいのアレですね！」

会話の内容はアホでも、私たちは真剣だ。

むしろ抜身《ぬきみ》の刀で、お互い青あざを作りながら打ち合っている状態だったりするのだけど。

さて恋愛要素うっすうすの言質は取ったし、なんなら後日お疲れ様メールに確認事項を記載しておくとして。

今回のメインヒーローとして抜擢《ばってき》された悪役侯爵様とは、私の好きを詰め込んだ最強のキャラクターだ。

眉目秀麗《びもくしゅうれい》、頭脳明晰、質実剛健、筋骨隆々などなど……悪役なのに良いところしかないキャラクター。むしろなぜ悪役にしたんだ私。

「そりゃ、オルフェウスが最後向き合う『ハイイロ』が関わってたからでしょう？」

「え、そうでしたっけ？」

「そうじゃないと辻褄《つじつま》が合わないと思いますよ。プロットや設定を脳内からアウトプットしてますか？」

「えへへ」

「とにかく、企画を通した編集権限ってことで、自分の最推しヒロイン『無表情ロリっ子魔法使い』を主人公にしてください」

「えー、ロリですかー？」

「それで異世界転生ってことにしてください。ごく普通のアラサーの社畜《しゃちく》ＯＬが、激務のため過労で倒れたりするとか適当な流れで」

「適当すぎるでしょ！」

この編集者、まさかこんな適当なことを編集会議で言ったんじゃないでしょうね？

私から疑いのまなざしを向けられた男性編集は「やれやれ心外ですね」などとインテリ眼鏡キャラみたいなことを言う。眼鏡をかけていないくせに。

「ところで、そのロリっ子魔法使いユリアーナは頭がいい設定だけど、転生した人がごく普通で大丈夫なの？」

「そこはほら、魔法の本とかでパーッと出来るようになっちゃうとか」

「だから適当すぎるって言ってんでしょーがっ‼」

『む？　自力で目覚めたか、主よ』

「自力……？」

いつも泰然《たいぜん》としているモモンガさんには珍しく、ホッとしたような表情で私を見ている。

ちょっと待って。私、いつから寝ていた？

『寝ていたわけではない。記憶乃柱に意識を持っていかれていた』

「えっ⁉　それって大事《おおごと》になってたんじゃ？」

『うむ、氷の親子が暴走してな、慌てて精霊たちが眠らせている』

「眠らせて……？」

少し離れた場所に氷で作られたベッドがあり、そこでお父様とお兄様が寝ている。

眠らせたのは、お父様たちが契約している氷の精霊だろう。

慌てて近づけば寝ているように見えるけど、二人とも眉間に深いシワが刻まれているのが分かる。

ごめんなさい。いつも心配をかけてしまう悪い子ユリアーナをお許しください。

それよりも精霊がお父様たちに干渉できるのは驚きだ。

セバスさんから聞いていたフェルザー家の鍛えっぷりは半端なかったから、体力だけじゃなく精神力も相当強いと思っていたのだけど。

『子のほうは未熟であるし、親のほうは異質なものの影響で抵抗力が弱くなっておるからな。仕方がないことであろう』

お父様が弱っている？　あの拗れた魔法陣のせいでってこと？

つまりそれは、私の家出が原因っていうことに……ちょっと待って。

「もしかして、お父様は危ない状況なの？」

『……それを解くために、ここにいるのであろう？』

少しバツが悪そうな顔をしているモモンガさんは、私の責めるような視線から逃れようとそっぽを向く。

「知ってるのは？」

『我が伝えたのは氷の親子だ』

「いつ？」

『屋敷を出る前日に』

あーもう、なんてこった。

たぶんお師匠様とセバスさん、お祖父様にも伝わっているってことかな。

「過ぎたことはしょうがないけど、なんで私に教えてくれなかったの？」

『主は自分を責めるだろう？　氷もそう言って我に口止めをした。まだ人の世界で数年の猶予《ゆうよ》もあり、精霊界ならば時間の流れも遅いから大丈夫だと思ったのだが……』

「大丈夫じゃなかったの？」

『今は大丈夫だろう。氷の精霊たちが時を止めておる』

「今は……かぁ」

『短い時間とはいえ主の姿が消えたのだ。いや、世界から主の存在が消えたと言ったほうが正しいか』

「ちょっとまって。さっきまで私は精霊界からだけじゃなく、この世界からも消えてたの？」

『そうだ』

マジか！

もしや……さっき見えていた編集とのやり取りって、夢だけど夢じゃなかった⁉

79 異質の関与に気づく人たち

どうやら私は勘違いしていたらしい。

自分の書いた小説のキャラに転生した、というのは間違いではないようだけど、その作品は『オルフェウス物語』ではなかったということ……みたい？

「つまり今までの私は、自分自身で選んで行動していたつもりだったけど、元々道筋は決められていたということなのかな……」

『記憶乃柱に記されていたとすれば、その可能性はある。しかし、前にも言ったと思うが、主は理から外れた存在だと我は思うぞ』

「そうなの？」

『我が主と出会った時、それが顕著《けんちょ》に感じられていた。しかし主が家を飛び出したあたりから妙な感じであった』

「確かに、あの時の私の行動って、今考えると恥ずかしいかも」

『主の心は成熟しておるからな。子どものような行動を取る時こそ、この世界の理に沿っていたのかもしれぬ』

「それは、お父様たちも？」

『むぅ、それは何とも言えんが……ところで主は、いつから氷をそのように呼ぶ？』

ふと見れば、これまで白に近い薄紫色だったモモンガさんの服や髪、それに目が綺麗なアメジストの色になっている。私をじっと見つめる紫色を見ていると、何となくモヤモヤしたものが心の中に湧いてきた。

そうだ。

私はずっと「ベルとうさま」って呼んでいた。だって私は、お父様と血の繋がらない、本当の娘じゃない。母親が浮気をした末に生まれた不義の子だ。

「どうして？　私はずっと『ベルとうさま』って呼んでいたはずなのに……」

『やはりな。それに本契約をしていない我に、主は魔力を流しすぎている。何かしらの理由で己を制御《せいぎょ》できなくなっておるのではないか？』

精霊界に来たから？　……いや、それも原因のひとつかもしれないけど、それよりもっと深いところに原因がありそうだ。

氷のベッドに目を向ければ、眉間にシワをよせたお父様が浅い呼吸を何度も繰り返している。お兄様も同じように苦しそうだ。

「モモンガさん、二人が……」

『もはや一刻の猶予もないようだ。何か強い存在が、氷たちの命を削ろうとしておる。精霊たちの守りが間に合わぬようだな』

「そんな⁉」

『氷の命が削られていくのを、氷の息子が止めようとしているが……長くは持たぬ』

一瞬、頭が真っ白になる。

この世界に来て、私が私《ユリアーナ》を意識した時、一番最初に出会った人。

私の大好きを詰め込んだ理想の人。絶対的な安心感を与えてくれる保護者。

氷のように冷たいのに抱きしめる腕は、とても、とてもあたたかくて……。

「なくなっちゃうの……？」

愛されたいと思った。

嫌われたくないと一生懸命だった私を、受け入れてくれた大切な人。

「方法は、あるの？」

『主よ、迷うている時間はない。氷の命を救う方法を、記憶乃柱から得るのだ』

『少なくとも、今の状況が世界の理に影響された可能性があるのならば、その方法も理の中にあろう』

苦しそうに呼吸をするお父様とお兄様が、どんどんぼやけていくのをギュッと目を閉じた私は、自分の頬を力をこめて両手でスパーン‼　と叩く。

「……いひゃい」

『何をやっているのだ、主よ』

「きあい、いれひゃ」

整った顔のモモンガさんから「本当に残念な子だ」という目で見られるのは、ちょっと悲しいけど仕方がない。

私は私。残念な子なりに、精一杯がんばらないとね!!


『トキヲ、トメタ』

『ナガクハ、モタナイヨ』

「ありがとう氷花《ひょうか》、氷月《ひょうげつ》」

機会を同じくして契約したからか、父上の精霊も私の声に応えてくれたのは幸いだった。

記憶乃柱らしきものに触れたユリアーナが姿を消し、それに動揺した父上は自らの魔力を制御できなくなってしまったのだ。

何もない状態ならば、自分一人でも父上を正気に戻すことができたと思う。しかし、父上の体に刻まれた魔法陣には精霊の言葉でいう『異質なもの』が混ざっている。

「まさか『ハイイロ』が、こんなに厄介なものだとは思わなかったな……」

『イシツ、キケン』

『マオウガ、ウマレル』

話を聞くところによると、伝わっている『ハイイロ』という存在は、人の負の感情を糧として増殖するとのことだ。

それが世に満ちた時に『魔王』が生まれるらしい。長い時をたゆたう精霊の言葉だから、伝説などではなく、きっとそれは真実なのだろう。

精霊たちが止めた時の中に無理にでも自分も加えさせたのは、父上に確認したいことがあったからだ。少し前からある違和感に、セバスもお祖父様も気づいていた。それでも何がおかしいのかうまく説明できず、父上に問いかけようとすれば何かしら邪魔が入っていた。

「今の状態ならば分かる。父上は……いや、自分もそうだった。私たちはやるべき事をやっていなかったようだ」

氷の精霊たちがこの状態を作ったことで、流されるままだった自分は「自分の意思で」止まることができた。きっとそれは父上も同じだろう。

すると白いもやの中を浮かぶ父上の目が、ゆっくりと開かれる。

「……ヨハン？」

「父上、気づかれましたか」

「……これは、どうなっている？　ユリアは？」

「暴走した父上の魔力と、それに反応した魔法陣を精霊たちが抑えてくれています。時間があまりないので、早々に立ち直っていただきたく」

「……そうか」

ここ最近見ることのなかった『氷の侯爵』の存在が戻ってきた。

そうだ。やはり父上は父上らしく、氷のように冷静沈着であってほしい。

「少々息苦しいのは、氷で時を止めているからです」

「……ヨハン、跡取りであるお前はならん。私だけでいい」

「父上!!」

「お前とユリアを父として守りたかったが……どうやらここまでのようだ」

体にある魔法陣が反応しているのか、父上は苦しげに顔を歪ませている。

いや、まだ諦められては困る。父上に確認しなければならない。

「おまちください父上、私はともかく、ユリアーナも父として守るのですか？」

「ぐっ……ああ、そうだ。父として、息子と娘を……娘？」

言葉に出したことによって、父上もご自分の言動がおかしいことに気づかれたようだ。

「そうです。おかしいのです。父上にとってのユリアーナは『唯一』では？」

80　夢の世界を作りましょう

『先ほどの主は、己の全てを記憶乃柱に取り込まれてしまったが、魔力を操作することによって記憶だけを読み取ることが出来るやもしれぬ』

「さっきはキーボード……じゃない、その記憶に直接さわったからダメだったのね？」

『うむ。主ほどの魔力があれば可能だとは思うのだが……』

なるほど。モモンガさんもそこは確約できないところなのね。

『ここには精霊も滅多に立ち入らない場所なのだ。歴代の精霊王も触れることはない』

「モモンガさんは大丈夫なの？」

『仮ではあるが、我が契約している主は理の外から来た人間であるからな』

今のモモンガさんの外見は、髪と目が濃い紫色になっている。

魔力操作のリハビリ？　として、私の魔力を受け取った結果だ。まぁ、ちょっとした実験体みたいなものだ。モモンガさんありがとう。真っ白よりも、こっちのほうがイケメンに見えるよ。むふふ。

「よし！　魔力操作は問題なさそう。これを手みたいに伸ばして、あのノートパソコンを操作すればいいってことか」

『うむ、主には記憶が、のーとぱそこん、とやらに見えるのだな』

「モモンガさんにはどんな風に見えるの？」

『薄黒く光っておる』

「薄黒いって……なんか触るの嫌なんですけど」

『あそこから異質なものを感じる。先ほど主が触ってから、それが強くなったようだな』

「え？」

慌てて氷のベッドで寝ているお父様たちを見れば、さっきより苦しくなさそうだけど生命力（オーラ？）みたいなものが弱くなったように思える。

急がないと!!

「行ってくる！」

『うむ。氷の親子は我が守っておるぞ』

「よろしくね！」

目を閉じた私は、すぐに集中し魔力を高めていく。自分の中から練り出した魔力を伸ばすと、記憶乃柱《ノートパソコン》に向けて放った。


気づけば見慣れた景色。

私が動くとしたら平日の昼間だ。最寄駅で重いリュックを抱えている私は、ノロノロと電車に乗りこんでいく。

そして座ったとたんに居眠りをし始める私《ゆり》を見ているのは、私《ユリアーナ》だ。

窓ガラスを見ても自分の姿が見えないから、外見がどうなっているのかは分からないけれど、今の私の服装はひらひらした白いワンピース姿みたい。魔力だけで作られた体のせいか、気を抜くと意識がフワフワしてしまう。いけない、しっかりしないと。

『こんなに顔色が悪かったのね。前の私《ゆり》って……』

普段の自分を別の視点から見ることは出来ないから、ついジロジロ見てしまう。

外に出ないせいで肌は白く、加えて寝不足で目の下にはクマがクッキリとついている。ずり下がったメガネが落ちそうになっていて、電車が揺れるたびに気になってしょうがない。

『落ちそうで落ちない』

「ふぁっ⁉　ここ、どこ⁉」

メガネを気にしている間に、目的の駅に到着していたらしい。慌てて電車を降りる私の後を、フワフワとついて行く。

おお、懐かしい。初めて来たときは散々迷った地下道も、何度も通っているからか足取りは確か……だと思ったんだけど。どこに向かっているのか私《ゆり》よ。

「あれ？　出口間違えた？」

そうだった。前世の私は極度の方向音痴《おんち》だった。

ユリアーナになって道に迷うことはなくなったと思っていたんだけど、実はマーサやセバスさんが移動時は前に立ってくれるんだよね。迷うわけがない。彼らが居ない時はモモンガさんに頼ってるし。たぶんユリアーナも方向音痴だろう。

出口を間違えた私だけど、さすがに何度も来ているからか数分遅れた程度で目的地に到着した。やったね私。

「お疲れさまぁー」

「お疲れ様です。こちらまで出向いていただきありがとうございます」

「外に出ないとネタが入ってこないからねー」

出版社の近くにある、いつもの喫茶店で待っていたのは担当編集だ。

心なしか、いつもより彼の顔色が悪く見えるけど……。

「あれ？　何かあった？」

「……分かります？」

「いつも憎らしいくらい肌ツヤ良いのに、今日はちょっと元気ない感じでざまぁって思った」

「ひどい!!　作家ならば傷心の担当編集に優しい言葉のひとつやふたつやみっつ以上かけてくれてもいいんですよ!?」

「今は自分に優しくするので手一杯なんだ。そしてこの車はひとり乗り用なんだ」

「ひどい!!　この小金持ち作家め!!」

この辺りのやり取りは記憶にある。

いや、今、この記憶があることを「思い出した」と言ったほうが正しい。

確か、私は初めての女性向けライトノベルを書いていたのだけど、安定の締め切りやぶりをぶちかました。そこで担当編集に呼び出されたという、安定の流れである。（安定、とは）

「女性向けだけど恋愛要素はうすくてもいいというありがたい話だけど、ちょっと展開が真っ白になっているから助言求む」

「ちょっと真っ白って、ちょっとどころじゃなく真っ白ですね」

「そもそも女性向けなんて女性にしか書けないんだ……」

「自分の性別を思い出しましょうね」

はぁーっと同時にため息を吐く作家と編集者。

我が事ながら、こうやって第三者の目で見るとすごく仲良しに見えるなぁ。

「それで？　そっちは何があったの？」

「聞いてくれます？　いや、聞きたくないって言われても話しますけどね？　うちのラブリープリティースイートハートのことなんですけど……」

「娘さんの話ね。莉音《りおん》ちゃんだっけ？」

「違います。ルビがラブリープリティースイ……」

「諸々の事情は無詠唱にしてもらって、何があったかだけ教えてくれる？」

「うちの子が『パパ、ウザい』って……ふぐぅ……」

おお、なんという不遇《ふぐう》。

しょうがないよね。ある程度成長した女の子って、お父さんを避けるようになるっていうし。私は……どうだったっけ？

「そりゃ寂しいと思うけど、今は自分の担当作家が行き詰まっているのをどうにかすることに集中してよ」

「うう……そんなの決まってるじゃないですか……もっと、もっと父親を大好きな娘を書けばいいんですよ……うう……ふぐぅ……」

「そんな嗚咽しながら言われても……。ああもう、作家が行き詰まってるんだから、ちゃんとしたアドバイスしてよぉ」

ゆらりと揺れる二人の姿に、慌てて私は自分の体を見る。

私が操作している魔力の流れは安定しているから、この揺らぎの原因は何だろう？

「全世界の父親の夢なんですよ……娘をずっと甘やかして『ウザい』って言われない世界……いいじゃないですか、イケメン保護者に愛される幼女……」

「イケメンかぁ」

「しかも、先生の理想どちゃくそストライクなイケメンヒーローから、無条件で愛されるとかいいじゃないですか……」

「確かに……あの侯爵様は……私の理想……」

え、なんか二人の様子がおかしいんですけど。ゆらゆらしているし、薄黒いモヤみたいなものが出てきてるよ？

『なんだこれ、魔力でもないし……えいっ！』

魔力の流れを掴むように手を操作すると、感覚がないはずの指にゾワッとした妙な「何か」に触れた気がする。うわっ何これ気持ち悪い!!

そしてその「何か」を掴んだ私の手を見ると、灰のような汚れがベッタリとついていたのだった。

81　影となり影となるのも楽じゃない

『えいっ』

思い切って、灰色に汚れた自分の手をブチッと切り取る。

魔力で構成した体だから痛みはないけれど、他の人が見たらこれスプラッタだよね。

フヨフヨ浮いている残骸《ざんがい》を、新しく作った「手」でペペッと散らす。

『うーん、創作なんてドロドロした何かで出来ているとは思っているけど、さすがにこれは嫌だなぁ』

頭を抱える編集者と、満身創痍《まんしんそうい》の作家から溢れるモヤモヤした灰色のもの。

そうか。これが「負の感情」というものか。

異世界で魔力というものが見えるようになった私《ユリアーナ》ならば、この世界で動く異質な力も見えるということで。

あれ？　おかしいな？

異世界でも、こういう感情があるはずなんだ。なぜ私が気づかずにいられたのか、それは……。

『守られて、いたから？』

そうだ。今見えている「負の感情」に囚われている前世の私《ゆり》と今の私《ユリアーナ》の違うところは、守ってくれる人がいるかどうかってところだ。

『お父様、お兄様、お師匠様、モモンガさん、オル様、ティア、セバスさん、マーサ、エマ……あの世界では、たくさんの人たちが守ってくれている』

ひとりで生きなきゃダメだって思っていた。

いつか親もいなくなるし、弟家族の世話になるわけにもいかない。

だから私は誰にも頼らず、ひとりで生きなきゃって思っていたんだ。こんなに灰色のモヤモヤが出るまで、たくさんたくさん頑張って……。

『ん？　ちょっと待てよ？』

感傷《かんしょう》にひたっていた私は、灰色のモヤモヤが何かに吸い込まれていくのに気づいた。

担当編集者のモヤモヤまで取り込んでいる、それは……。

『ノートパソコン？』

そうだ。私は記憶乃柱の中でノートパソコン型の記憶を見た。

つまり鍵になるのは、これってことになるのか？

いや、まだ引っかかることがある。自分が見逃しているというよりも、たぶん見たくないというか、どうしても認めたくないものがここにあるような気がする。

目を細めて、じっくりとノートパソコンの画面を視《み》る。

モヤモヤに遮られてよく見えないから、何度も魔力の手を使ってはブチッとちぎり、使ってはブチッとちぎるのがアレだったけど、なんとか「視る」ことができた。

そこには、お父様に再婚話が舞い込んできて、耐えきれなくなったユリアーナが家を出る場面が書かれていた。

『ああ、そうか、そういうことだったんだ』

私が転生した世界は、私の書いた小説の世界だった。ここまでは合っている。

だがしかし、その小説は途中から『娘を溺愛する担当編集者のドロドロな思い』と『イケメンに無条件で甘やかされたい作家の願望』という、灰色のモヤモヤに満ちた世界になってしまったのだ。

（ばばーん！）

『道理でおかしいと思ったんだよね！　魔法陣を自分の体に刻むとか冷静沈着なお父様はどこにい

ったんだって思ったし！　私も家出してどうするんだって感じだったし！』

謎は解けたとばかりに明るく元気よく宣言したものの、ヘナヘナと崩れ落ちる私。

『でもこれ、元凶は私と編集者さんのせいってことじゃん……ここに取り込んだモヤモヤが、あの世界で『ハイイロ』の力になったってことじゃん……じゃん……』

ジワジワと自分の体に感覚が戻ってくるのが分かる。

目を開ければ、いつの間にかベッドで寝ていた私。ここはどこ？

枕もとに小さな紫がぽすんと落ちてくる。

手のひらサイズの人型モモンガさんだ。

『主、目覚めたか！』

「おはよう、モモンガさん。どれくらい寝てた？」

『数刻ほどだ。先に氷の親子が目覚めたのだが、主人を床に寝かせておけぬとここに移動したのだ』

「良かった！　お父様とお兄様は無事だったんだね！」

『うむ、ただ尋常じゃないほどうなされていた主を見て、さっきまで氷がオロオロしておったがな』

「……すごくすごく大変だったからね」

灰色に汚染されていく編集者と作家両名を、私《ユリアーナ》の魔力で包んでは散らし包んでは散らしと、わんこ蕎麦《そば》のようにこなしていたのだ。

何とかモヤモヤしたものが見えなくなったと思いきや、今度は欲望の赴《おもむ》くままに書き上げた作品を修正することになった作家《ゆり》が改稿《かいこう》作業に悲鳴をあげることとなる。

「あっちの世界でモモンガさんの言う『異質なもの』を散らす技術は得られたけど、今度は作品
……ええと『世界の理』を直さなきゃいけなくなって」

『なるほど。それでうなされていたのだな？』

「それもあるけど、そもそも私は『修正』とか『改稿』とか『リテイク』って言葉が大嫌いなのよ。直すくらいなら新しいものを作ったほうが何倍もマシだもん」

『む？　ならば新しいものを作れば良かろう？』

「それは絶対にダメ。お父様とお兄様、それにモモンガさんもいなくなっちゃうかもしれないんだよ？　この世界を壊さないように気をつけながら直したの。めちゃくちゃ疲れた……」

私という人間は、常に「やれば出来る子」だと言われていた。

だからまず、外側からのアクションとして「やる気を起こす」ってところが重要になってくるのだよ。

『主の魔力、かなり減っておるの』

「うん……あっちには魔力がないから、自分の中にあるのを使うしかなくて」

編集者と作家にたかっていた『ハイイロ』を散らし終えた私は、魔力で身体を作り出し、時には通りすがりにアドバイスをするダンディーなオジサマとなり、時にはファストフードに集う女子高生になったりと忙しかった。さらには作家《ゆり》の代わりにキーボードを叩いたりもしたんだよ。久しぶりの創作活動は、さすがに疲れました……。

あちらの滞在時間は数週間ほどだったけど、こちらでは数刻しか経っていなくてホッとしたよ。

もし時間の流れが同じだったら、ずっと寝ていた状態だったってことだよね。

途中、一度戻った方がいいかなとも思ったんだけど、中途半端な状態で放置するのが怖かったというのもある。結果を見れば、その行動は正解だったよね。

「で、お父様とお兄様は？」

『もうすぐユリアーナが起きると伝えたら、何か食べ物を持ってくると慌てて部屋を出て行ったぞ』

「……そっかぁ」

ちょっと寂しいなと思ったけど、相変わらず優しい保護者たちにほっこりとした気持ちになるのだった。

82　男心も複雑だと知る少女

清潔なベッド、清潔な室内、人間が住むには心地好すぎるこの屋敷は、精霊が造ったものだという。

『人間に興味を持った精霊が、まずは人間の生活を体験することから始めようと家を建てたのだ』

「私たちが使っちゃっていいの？」

『人の中でも貧富の差で家の大きさが違うと知り、今は小さな小屋に住んでおる。ここは自由にして良いとのことだ』

「へぇ……変わってるね」

『もともと精霊というものは、好奇心旺盛な者たちが多いのだ。そこから魔に染まるものもおれば、神格化し人々から崇《あが》め奉《たてまつ》られるものもおる』

「そして、モモンガになるものもいる」

『うむ……いや違うぞ⁉　我はやむをえず毛玉の肉体になっただけであってだな⁉』

慌てて言い訳しているモモンガさんは放置するとして、その変わり者の精霊のおかげで私たちは助かっている。ありがたいことだ。

さて、お父様たちが戻ってきたら確認しないとね。私が世界を修正したことで、お父様たちにどういう影響が出ているのか……私《ユリアーナ》の立ち位置はそのままみたいだから、おかしな事になっていないとは思うのだけど。

「ユリアーナ」

「お兄様！」

起き上がろうとする私の背中を、そっと支えてくれるお兄様。優しく頭を撫でてくれた後に、髪をひとふさ手に取るとふわりと微笑んだ。ふぉ、お兄様マジ美少年……って、あれ？

「私の髪……色が……」

「そう、綺麗な蜂蜜色だ。私は黒髪も良いと思っていたが」

これはもしや……‼

「モ、モモンガさん‼　鏡を出して‼」

『あいわかった』

目の前に現れた水鏡《みずかがみ》を、ドキドキしながら覗き込む私。

そして次の瞬間、ぽふりとベッドに向かってダイブしてしまう。

「……まだ、少女」

「ど、どうしたユリアーナ⁉」

慌てて背中をさすったり頭を撫でてくれるお兄様に甘えること数分、なんとか心をたて直して起き上がることに成功した。

つらい。つらすぎる。

「やっと美女になれたと思ったのに……」

「美女？」

しょんぼりとうなだれる私の目の端っこに、不自然に震えるお兄様が映ったような……気のせいかな。

はぁ、魂の姿になる精霊界だから、前世《おとな》の年齢の私になっているのを期待したのだけど……。

『主よ、そう簡単に魂は成長しないものだぞ』

「ぐぬぬ……！」

「ぶほっげほっ」

急に咳《せ》き込むお兄様、お風邪ですか？

魂の姿が前世の本田由梨からユリアーナに近づいたということは、この世界の理と私《ユリアーナ》が上手いことといったってことでいいのかな……。

いや、それよりも気になることがある！

「お兄様、ベル父様は？」

「ああ、父上は……少し周辺を見回ってくるそうだ」

「そうですか」

記憶乃柱を操作した私が見たところ、お兄様は変わっていないように思える。

むしろ大きく変わるとすれば、ずっとユリアーナの近くにいたお父様だよね。

「ちょっと、見てきます！」

「いけない！　ユリアーナ！」

そう言って立ち上がろうとした私だけど、膝がふにゃふにゃでうまく立てない。

「あれ？」

「長い時間魔力操作をしていたと聞いた。まだ本調子ではないのだろうから、寝ていなさい」

「……はぁい」

翌朝、お父様はたくさんの果物を持ってきてくれていた。

丸かじりするモモンガさんをベッドが汚れるからとサイドテーブルに移動させた私は、オレンジに似ている香りの果物を選ぶ。

「皮をむいてやろう」

「お兄様、ありがとうございます」

なるべく食べ物は現地調達するのが良しとされているのだけど……。

『ふむ、氷のは精霊界の果樹をすべて採ってくるつもりか？』

「あはは……」

持っている食料にはまだ余裕があるし、体は回復したから果物以外も食べれるようになったんだけど、なぜかお父様は果物を大量に持ってきてくれる。

私の寝ている間に。

「言い忘れていたが、父上の体に刻まれた魔法陣は消えていた。これならユリアーナが回復次第ここを出発できるだろう」

「お兄様、もしかして……ベル父様は……」

ずっとお父様の顔を見ていない。

もしかしたら、私が記憶乃柱の中に入ったことで、何か変わってしまったのだろうか。へにょっと眉が八の字になる私に、お兄様は苦笑しながら果物をのせたお皿を差し出してくれる。

おお、見事な飾り切り！　お兄様ったら、その技を一体どこで会得《えとく》したのかしら？

薔薇《ばら》の花のようになっている果肉を、そっとフォークですくって口に放り込む。

ふぉぉ！　甘酸っぱくておいしーい！

にこにこしながら食べていた私は、ハタと気づく。

「お兄様、この果物はおいしいのですが……あの、聞いてもいいですか？」

「何をだ？」

「もしかしたらベル父様、怒っているのでしょうか」

「なぜ、そう思う？」

穏やかに問うお兄様を軽く睨むと、ここぞとばかりに愚痴《ぐち》を吐いてやることにする。

「だって、ベル父様、ぜんぜん会ってくれなくて……私、いっぱい心配かけたから……きっと、怒っているんですよ」

「父上が怒っている、ね」

「もう、ずるいです！　お兄様は知っているんでしょう？」

ぷりぷり怒る私の頭を優しく撫でるお兄様は、小さく息を吐いた。

「ユリアーナが記憶乃柱で頑張ってくれたおかげで、私たちは正しい『世界の理』に戻ることができた。ここまではいいか？」

「はい」

「思い返すと不自然なことばかりが起きていた。主に父上に、だが……それを私たちは自覚したのだ」

なるほど。

作家と担当編集者の欲望が詰め込まれた『世界《さくひん》』は、私だけじゃなくてお父様たちから見ても不自然だったということか。

「それでたぶん、父上は……『恥ずかしくなった』のかもしれない」

「はい？」

83　背中ばかり見る幼女

人間たちが住む世界と精霊界とでは、時間の流れが違うとのこと。

だから精霊界で一年いたとしても、元の世界では数日だったりするらしい。その時によって時間差が変わるみたい。

「どれくらいちがうのか、きまってないの？」

「きゅ、きゅきゅ（うむ、決まっておらぬぞ）」

気まぐれな精霊らしいねと会話をする私たちは今、森の中を歩いている。正確には私は抱っこされているから歩いているのはお父様とお兄様だけなんだけどね。

精霊界から出ると決まってから、お父様の行動はとにかく早かった。契約した精霊に有り余っている魔力を渡し、精霊界から出る「ドア」を作らせたのだ。このドアを使えば、どこからでも精霊界にある精霊の家に飛ぶことができるらしい。

そう！　これは『どこ（から）でも（精霊界限定で出入りできる）ドア』なのだ！

括弧《かっこ》書きになっているのを削除してはならない。絶対にだ。

「きゅー（その発想はなかった）」

「おにいさまと、あったらいいなって」

「きゅー（なるほど。主が発端か）」

「はぁ……それにしても、おとうさまったら……」

今の私たちは森を歩いている。お父様が作ったドアがあれば好きな時に精霊界に行けるようになるけど、そのためにはまずお屋敷に帰らないと話にならないのだ。

そして私はというと、あれからずっとお父様と直接会話が出来ていなかったりする。

「父上の代わりを務めることができて、兄は嬉しい」

「おにいさま……えへへ」

精霊界から出た途端、幼女の姿に戻ってしまった私。

背中を見せたままブリザードを吹かせている状態のお父様を見て、歩きづらい森をどうしようか途方に暮れていたところ、お兄様に抱っこしてもらうことになった。お父様のブリザードはさらに強くなった。なんでやねん。

「あのご様子は、まるで以前の父上のようだ」

「そうなのですか？」

「周りからは『フェルザー家の氷魔』などと呼ばれていた」

「そう、ですか……」

「しかし、以前の父上とは同じではない。今は、私たちのことを思ってくださる」

先を歩くお父様の背中を見ているお兄様は、わずかに微笑んでいる。

うん。確かに前と同じじゃないみたい。

出発前、こっそりお兄様が話してくれたのだけど……。

お父様の再婚話で、暴走した私《ユリアーナ》が家出をした時、お兄様に家督を譲ったという流れは「なかったこと」にされていた。

なぜなら王様が泣いたからだ。それはもう、ガチ泣きだったそうだ。

自分は嫌々ながら王様業？　をやっているのに、なぜランベルトだけ悠々自適の隠居生活を送ろうとしているのだと、泣きながら駄々をこねたそうだ。お兄様の目の前で。

守ろう！　王様のイメージ！（家臣《かしん》たちの心の声）

「父上は、こうなることを分かってらっしゃったのだろう。もし学園で学びたいことがあるならば、無理に飛び級せずとも良いと仰《おっしゃ》ってくれた」

そうだよね。いくらなんでも、お兄様が当主になるのは早すぎだよね。

前を歩く、お父様のすっと伸びた背中を見る。

「じゃあ、わたしは……」

「ん？　どうしたユリアーナ？」

「なんでもないでしゅ」

久しぶりに噛んだ恥ずかしさよりも、ただなぜか、お父様の背中から目を離せなかった……。

ああ、数年ぶりくらいに帰ってきたと感じる！

お屋敷の周りに広がる庭園と、大きな門の前には家人《かじん》たちが勢揃いで出迎えてくれた！

これはテンションが上がりますな！

「おかえりなさいませ、旦那様」

「うむ」

代表してセバスさんが挨拶していて、お兄様と私にも微笑んでくれる。

癒し……癒しですぞ……。ロマンスグレーの癒しは万能ですぞ……。

「旦那様、何か必要でございますか？」

「いや……ヨハン、私は登城する。あとは頼むぞ」

「はい。父上」

「ベルとうさま？」

「……ゆっくり休んでおくように」

こちらを見ているはずなのに、なぜか目を合わせてもらえない。

冷たく吹き荒ぶブリザードに、セバスさんは笑顔が固まっているくらいだけど、マーサや庭師さん達がぶるぶる震えている。

「旦那様」

「……うむ、行ってくる」

どうやら魔力が漏れていたようですね。

報告を急ぐとのことで、馬を出したお父様が去った後、セバスさんが笑顔のまま詰め寄ってくる。

「ヨハン坊っちゃま、ユリアーナお嬢様、お着替えをされましたら、お茶をご用意いたしますので」

「わ、わかった……」

「あい……」

尋問《じんもん》ですね？　了解です。もちろん全部吐き出させていただきますです。はい。

軽く湯浴《ゆあ》みをして、こざっぱりした私とお兄様は尋問……じゃなくお茶の時間を過ごすことに。

そして目の前には、キラキラ光る虹色の髪と、もっふもふの羽毛マントを身にまとった美丈夫がおりまして。

「それで？　嬢ちゃんは何をやらかしたんだ？」

「な、なんのことかしら、ほほほ」

「ユリアーナ、さすがにその誤魔化しかたは酷いと思うぞ」

苦笑するお兄様は、お師匠様に向けて一礼する。

「父上に刻まれた魔法陣は、無事に解除されました」

「そうだろうな」

さすがお師匠様、すでに存じてらっしゃるとは。

「当たり前だ。あんなに『理』を弄《いじ》っておいて、何もなかったわけがあるか」

う、心を読むとは卑怯《ひきょう》な……！

「ユリアーナ、しっかりと顔に出ているだけだ」

なんですと⁉

「まぁ、世界が動いたことを知っているのは、俺か俺の師匠くらいだけどなぁ……」

そう言いながらも穏やかな笑みを浮かべたお師匠様は、椅子から立ち上がると私の近くまで来た。そしてそのままヒョイっと抱き上げられる。ふぉ、羽毛がもっふもふぅ……。

「お前、だいぶ無理をしただろう？」

「……へいき、です」

「平気なわけがあるか。確かに嬢ちゃんは強い魔力を持っているけどな、ただのちっぽけな人間なんだ。不安だったろう」

「……ベルとうさまの、ためだもん」

「そうだな。偉かったぞ」

「……あい」

羽毛のマントを少しだけ濡らしてしまったけれど、お師匠様は怒ることなく、ただ優しく背中を撫でてくれた。

◇氷の侯爵様は我にかえり、虹髪の魔法使いは悩む

私の名は、ランベルト・フェルザー。

世間では『フェルザー家の氷魔』などと呼ばれている。

若い頃は冒険者として武技《ぶぎ》を磨《みが》いてきた私だが、フェルザー家の当主となってからは感情を押し

殺し、たとえ身内であっても国のためならば闇に沈めることも辞《じ》さない覚悟で生きてきた。

そして、それが当然だと思っていた。

……あの時までは。

私が氷魔ではなく人としての感情が生まれたのは、ひとえにユリアーナという愛らしさの権化《ごんげ》、この世の至高ともいえる存在と出会えたからだ。

常に「氷のように冷静沈着であれ」というフェルザー家の掟《おきて》に反し、我を忘れて進めていた自覚はある。

そしてそれが「いつから」だと問われれば、自分の身に魔法陣を刻んだ時だろう。

生きとし生けるものすべてにおいて、人の身に魔法陣を刻むという行為は禁忌《きんき》とされてきた。

自分の行動に驚いたものの、心のどこかでは「私ならばやりかねないだろう」という確信に近い何かを感じている。

私にとってユリアーナは唯一であり、最愛なのだから。

それにしても……。

「さすがに、溺愛が過ぎたという自覚はある」

「そうか、気づいたんだな。それならば良かった」

精霊界において記憶乃柱と呼ばれるものに触れたユリアーナは、世界の『理』を修正したらしい。

それによって滞っていた流れが正されたというのを今、ペンドラゴンから報告を受けているのだが。

「やりすぎたと反省はしているが、後悔はしてない」

「そうか、やはり嬢ちゃんに対するお前のアレは、元々のやつだったか」

納得したような顔のペンドラゴンを、つい睨んでしまう。

これまでの「やりすぎた」行動を反省した私は、ユリアーナから距離をおくことにした。なぜなら巷《ちまた》では、年頃になった娘から「お父さんが鬱陶しい」などと嫌われることがあると知ったからだ。

ちなみにこれは記憶乃柱から流れてきた情報であるのだが……。

私が落ち込み、悩んでいることに気づいたヨハンが、学園で「思春期の娘がとる行動」について情報を集めてくれている。さすが我が息子だ。

「それで……どうだ？」

「何が？」

「何？　ではない。アレの様子だ」

「アレって何だよ？」

「貴様……分かって言っているだろう」

「当たり前だろうが。お前、嬢ちゃんを何だと思ってんだ」

「唯一だが？」

「そんな食い気味に返してくるなら、本人にも言ってやれってんだよ！」

「……嫌われたくは、ない」

呆れた様子のペンドラゴンを睨みつけながら、私は精霊界での出来事を語る。

世界の『理』についてはペンドラゴンの一門でも調べていたらしい。情報のすり合わせをしながら、この件に関してはアーサーも交えて話し合いをするべきだという結論に達する。

そしてユリアーナの「これから」についても、私自身が考えていたことを提案してみることにした。


俺の名は……まぁ、虹髪のペンドラゴンといえば、その界隈《かいわい》では有名だと思う。

鳥のオッサンでも、虹髪の魔法使いでもいい。好きなように呼んでくれ。

ただ「おししょ」は勘弁な。この呼び方は俺の唯一の弟子、嬢ちゃんだけの特権なんだ。

魔法使いとして国でも指折りの能力があると自負し、何が起こっても動揺しないと思っていた俺だが、さすがに世界の『理』が動いた時は王宮にいる師匠のところに駆け込んだよ。この国以外でも、大きな魔力を持っている奴らは気づいたかもしれないな。

いやぁ、驚いた。

まさかそれが友人《ランベルト》の娘であり、俺の弟子であるユリアーナ嬢ちゃんが主導で起こしたこととは
……まぁ、少しは予想していたんだけどさ。嬢ちゃんならやりかねないだろうから。

「それで、お前の体調は？　記憶がうまく繋がらないとかあるか？」

「記憶が定かではない部分もあるが、今までの自分が何をやったのかまでは理解できている」

「あー、なるほど。そりゃ恥ずかしいな」

「愛ゆえのことだ。いたしかたない」

「お前、今も恥ずかしいな」

いや、確かに俺も奥さんに好き好き言うぞ。でも、コイツみたいな堅物《かたぶつ》が真顔で「愛」とか言う

なんて、聞いてるこっちが恥ずかしくなるってもんだ。

そんなやり取りをしながらも、俺は友人《ランベルト》の体内を巡る魔力を診《み》ている。

透き通るようなアイスブルーの魔力は、前回会った時と同じ流れであることに安心する。しかし
小さく息を吐いた俺は、決定的な事に気づいて愕然とした。

ほんのわずかではあるが『色』が違う。

それはありえないことだ。魔力の色は人それぞれで、同じ色でも明るさや鮮やかさが違ったりす
る。その色は生涯変わることがない……はずなのだ。

もう一度、目の前にいる友人《ランベルト》を診る。輝くようなアイスブルーの魔力は、今まではもう少し「く
すんで」いたはずだ。

「そうか。そういうことか」

「何がだ？」

ランベルトの行動について行き過ぎていた部分があった。しかしそれは魔力に対して、本当にわ
ずかな侵食だったのだろう。まるで桶《おけ》に入っている水の中に、一滴だけ落とされた葡萄酒《ぶどうしゅ》のように。

その一滴により、桶に入っているものは『水』ではなく『葡萄酒が一滴入った水』というものに
なる。それを理に手を加えることにより元へと戻すなんて、ほぼ不可能に近いことだと思うが……

嬢ちゃんは成してしまったんだろうな。

なにせあの子は、神の域とされる世界の『理』をも変えたんだ。

わずかに震える自身の体に気づかないふりをして、俺はランベルトを真っ直ぐに見る。

「お前に刻まれた魔法陣にあった『ハイイロ』と、王宮の牢《ろう》にいる『ハイイロ』とは、同じように見えるが違うものだ。魔法陣が解除されたことによって放たれたものは、元の場所へ還っただろうってのが、ペンドラゴン一門の見解になる」

「そうか。ならば良かった」

もはや一種の呪いのような魔法陣を解除したことによって、嬢ちゃんに何か起こるかもしれないと心配したから俺を呼び寄せたんだろう。

俺が心配しているのは嬢ちゃんよりも、友人《ランベルト》のほうなんだけどなぁ。

「なぁ、お前の考えは分かるけど、ちゃんと嬢ちゃんと話したほうがいいと思うぞ？」

「……うむ」

その「うむ」は、了解じゃないやつなのを俺は知ってる。あえて報告はしてないけど、泣く前の嬢ちゃんはただ不安そうだった。

嫌われたくないから距離を置こうとか、お前は本当に嬢ちゃんのことを……。

「はぁ……嬢ちゃんの今後の話も含めて、アーサーと話さないとな」

「うむ」

やれやれ、どうしたもんか……。

84　昼間みた夢に叱咤《しった》される幼女

どうも皆様、ユリアーナです。

現在の私は温室で優雅に土いじりをしております。

お兄様は学園へ戻られ、先ほどまで私を抱っこしてくれていたお師匠様は、お父様と一緒に王宮へ向かわれました。

「お嬢様、それは……」

「ハーブをうえてます」

精霊界から戻ってからお父様が少し変わった（？）というのもあり、庭園や温室なら護衛がいなくても大丈夫。すわ過保護脱却か？　……と思っていたけど、それはそれ、これはこれ。一般的な貴族の令嬢は、常に護衛を伴《ともな》っているそうです。はい。

というわけで、私の側にはセバスさんが付いていたりします。

当主不在の間ずっと忙しかったセバスさんは無事引き継ぎを終えて、本来の業務に戻れたはずなのに……なぜか今、私の護衛をしている件。

「お気になさらず。セバスも久方ぶりにお嬢様とご一緒できて、大変嬉しく思っております」

「ありがと、セバシュ」

「ところでお嬢様、先ほどどこの場所にはカモミールとレモングラスを植えるとおっしゃっておりませんでしたか？」

「ふぉっ⁉」

気がつくと、なぜか大量にローレルを植え続けていた⁉　しかもノリノリで「ローレル♪ローレル♪」ってヨーデル風に歌いながら植えていたよ。お恥ずかしい。

セバスさんが懐に何かの魔道具をしまいながら、庭師さんたちに植え替えるよう指示してくれている。すみません、幼女がお手数おかけします。

「おてつだいします！」

「そろそろお茶の時間になりますから、彼らに任せておきましょう」

精霊界にお出かけしている間は気にならなかった（気にする暇《ひま》もなかった）お茶の時間だけど、成長期の子どもには必要不可欠なんですってよ奥さん。

少し見ないうちに、温室の中にある私の「好きなハーブ」スペースが華やかになっていて、マーサたちがそこから選んでお茶にしてくれるとのこと。

やったね！　私はほとんど手を加えていないけど、色々あったからしょうがないってことにしておこう！　お世話してくれていた庭師さんたち、ありがとう！

はぁ、摘みたてフレッシュハーブティーが美味しいわぁ。心に染みるわぁ。

ケーキは大好きなマドレーヌ。これは、以前行った洋菓子店のものですね？

「きゅ！（主、戻ったぞ！）」

「おかえりモモンガさん。おにいさまは？」

「きゅきゅ！（特に異常はないようだ！）」

「それならよかった」

お師匠様から「大丈夫、異常なし」とお墨付きをもらっているけど、世界の理なんてものに手を出した私としてはまだまだ油断できないと思っている。

前世でも不具合を直したことによる不具合なんて、ザラだったからね！

「きゅきゅー（念のため風の精霊をつけておいた。安心するがよい）」

「ふぉ、おおばんぶるまい！」

「きゅきゅきゅ！（理の暴走がおさまったおかげで、精霊界から我の力を流しやすくなったのだ！）」

それならモモンガさんに皆のことを任せても大丈夫かしら？

「きゅ！（うむ、任されよ！）」

きゅっきゅウフフとやり取りしながら、モモンガさんと一緒にお菓子をつまむ。

すると気が抜けたのとお腹いっぱいなせいで、急な眠気が幼女を襲う。頭がぐらんぐらん揺れて……。

「お嬢様、少しお昼寝をしましょうか」

「……あい」

本当は起きていたいのに、まったくもってままならない身体だ。

セバスさんの横抱っこで運ばれる私。その安定感がさらに体を眠りへと誘っていくよ。加速度を上げてトップスピードだ。むむ、セバスさん卑怯なり！

「旦那様のお帰りは、もうしばらく後になるかと。その時に寝てらっしゃっても、ちゃんと起こしてさしあげますよ」

「……ありがと、セバシュ」

セバスさんにはバレていたみたい。

いや、バレるのは当たり前か。あの表情筋が固まっているお父様の気持ちや考えを、常に読みとることが出来る百戦錬磨《ひゃくせんれんま》？　の執事だもの。

「お嬢様？」

「……セバシュ、ベルとうさまは、わたしのことをきらいに」

「有り得ませんね」

「そ、そう？」

打てば響くどころか、打つ前に鳴らしてくれるセバスさん。

でもさ、それでもさ、うじうじするわけでさ。

「お嬢様、どうか旦那様を信用なさりませ」

「わかってるの。でも、だっこも、ちゅーもしてくれなくなったよ？」

どこかで何かを落としたのか、ものすごい音が聞こえてくる。なんぞ？

「おや、風ですかな？」

「おへやのなかで？」

「ははは、これはこれは、お嬢様から一本とられましたな！」

「いやそうじゃなくて……」

これは話題の方向転換を徹底的に狙っているのだと思う。

だがしかし、お父様に嫌われたと思っている私は、久しぶりに会ったセバスさんを相手に、つい甘えてしまう。

「でも、でも、ベルとうさまは……」

「分かっております。お嬢様の不安は、そこかしこで見受けられますからね」

そう言ってセバスさんは私をベッドの上にそっと寝かせてくれた。

マーサとエマに靴《くつ》を脱がされて腰のリボンなどを緩めてもらう。お父様が帰ってきたら出迎えたいという私の希望が汲まれ、少しお行儀が悪いけれど洋服のままで寝ることにする。


からだが、ぶるぶるして、じんじんしている。

でもしばらくしたら、だいじょうぶになる。


寒くて震えているんだね。じんじんするのは痛みっていうんだよ。

時間がたてば大丈夫になるわけじゃない。麻痺《まひ》しているだけ。

まひ？

何も感じなくなるっていうこと。

かんじる？

さっきみたいに体がぶるぶる震えたり、じんじん痛くなること。

そっかぁ、かんじないのは、まひ。

そうだよ。やっぱりユリアーナは頭のいい子だね。

いいこじゃない。わるいこっていつもいわれるよ？

聞かなくてもいいよ。大丈夫。私がずっといい子って言ってあげる。

んーん、もういいの。おとうさまがむかえにきてくれたの。

え？　お父様？

しらなくて、ごめんねって、いっぱいいってくれたの。だからもういいの。

いいの？　ずっとここにいて良いんだよ？

だいじょうぶ。あと、おとうさまといっしょにあそんでから、ぶるぶるじんじんしないところにいくから。

ユリアーナは、それでいいの？

いいの。だから、おにいさまをよろしくね。

うん、わかった。ありがとうユリアーナ。

ありがとう、いらないの。おねえさんもおなじ、ユリアーナだから。おなじだから、ここにいるの。ちゃんとおもいだして。

え？　どういうこと？　ちょっと待って、教えてユリアーナ！

ちゃんと、おもいださないと、めっ、だからね！

いやそれ「めっ」とか可愛い……って、待ってよ！　ユリアーナ！

白昼夢《はくちゅうむ》のせいか、汗だくで目が覚めた。

ああ、こんなことなら寝間着《ねまき》に着替えればよかったと考える私は、寝起きのふわふわとした思考を振り払うように頬をぺちぺち叩く。

窓の外を見れば、まだ日が高い。長い時間寝ていたわけではなさそうだ。

夢の中で、どこかで見たことのある薄紅色の髪をした男性と小さなユリアーナは遠くへ行ってしまった。

私に「おもいださないと、めっ、だからね！」などと可愛いことを言い残して。

「なんで、いま、このゆめをみたんだろう？」

85　最高権力者との面談をおざなりにする幼女

「おーしーしょー!!」

トテトテからトタタタになり、ぐるぐるドッカーンと体当たりでしがみつく私。

下り坂（とはいえ傾斜《けいしゃ》はゆるい道）を走るのは、幼女にとって少々危険だった。

王宮から戻ってきたお師匠様は、私の全体重をかけた体当たりなど物ともせず、ふんわり抱き上げてくるっと一回転してくれた。わーい。

いや、わーいじゃない。聞きたいことが……って、何ですかそのニヤついたお顔は。

「おう、どうしたどうした？　元気そうじゃないか。さっきまでお父様が相手してくれないから不《ふ》貞寝《てね》してたって聞いたぞ？」

「だれからですか⁉」

「執事と庭師たちと侍女《じじょ》ちゃんたち」

「おもったよりも、いっぱいいいた⁉」

いや確かに、お師匠様の羽毛マントをちょっと濡らしてしまったりしたよ？　だがしかし、お昼寝から目覚めし幼女は今、どうしても知りたいことがあるのですよ。

「おししょ、わたしかわったとおもいませんか！」

「んー？　そうだなぁ、ハキハキ話せるようになったな。えらいぞ」

「えへへ、ほめられた……じゃなくて！」

「少し背が伸びたんじゃないか？　そういや侍女ちゃんが新しいドレスにしないとって、仕立て屋を呼ぶ手配をしていたな」

「え⁉　ほんとうですか⁉」

「よく食べ、よく寝るのは子どもの成長に必要なことだ。えらいぞ」

「えへへ、またほめられた……じゃなくて！　もっとよくみてくだしゃ！」

興奮したら噛んだ。ちくしょう。

「見るってどういうことだ？」

「おししょ、まりょくぼうそうのあと、どうやってみたのです？」

「そりゃあ、魔力の流れとか色だな」

「いろ、おぼえてますか？」

「一度見た魔力の色は全部記憶しているぞ。魔力の読み方は、師匠からイヤってほど叩き込まれたからなぁ」

え、今まで見た魔力の色を全部おぼえてるって、ちょっと引く……じゃなくて、やっぱりお師匠様はすごい人だ。なんだかレベル的には変態に近い気がするけど。

そう。お師匠様に聞きたかったのは、魔力暴走後と今と私の魔力が変化したんじゃないかなってこと。

昼寝した時、この世界で生まれたはずの「ユリアーナ」が私から離れていくという夢を見た。

あれはただの夢じゃない……と、思うのだけど。

「わたし、かわってないですか？」

「んー、魔力の流れも色も変わってないな」

「そう……ですか」

「魔力量は増えたなぁ」

「えっ⁉ なんで⁉」

「俺が聞きたいくらいだ。嬢ちゃん他にも何かやらかしたんじゃないか？」

「ぜんぶ、おはなししたもん‼」

うーん、おかしいな。

夢の中でユリアーナが思わせぶりなことを言ったから、もしかしたら何か変わったんじゃないかって思ったんだけど。

そもそも、魂が体に入り込むってなんぞ？ 人の心とか精神と呼ばれるものって、そう簡単に体から出たり入ったりできるものなの？

むーむー唸っていると、気づけばいつもの東屋《あずまや》でお師匠様が膝抱っこをしてくれていた。

あ、なんかすみません。つい考え込んでしまって。

「こころが、いれかわることって、ありますか？」

「心が入れ替わる？ 聞いたことは……いや、乗っ取られるというのはあるか。嬢ちゃんには教えられないが、精神を壊すような邪法《じゃほう》が存在していることは確かだ。ランベルトが魔法陣を体に刻んだ行為も邪法と同じ類のものとされている。真似はするなよ？」

「しません！」

あんな痛そうなことはしない……って、そういうことじゃないよね。

人を思い通りに操るために、魔法陣を体に直接刻みこむなんて確かに邪法と呼ばれてもおかしくはない。

「まぁ、俺らみたいに魔力が見える人間なら、邪法だろうが魔力の乗っ取りだろうがすぐ気づくぞ」

「はじめてあうひとでも？」

「おう。魔力ってのは人の体という器があって初めて動くものだ。その魔力や色に似合う体《うつわ》じゃないと、誤作動を起こす」

「ごさどう」

ということは、ユリアーナの体を乗っ取る形になった私も誤作動を起こして……ん？　ちょっと待てよ？

「わたし、まりょく、だいじょぶです？」

「何度も言うが異常なしだぞ。嬢ちゃんの器に対し、魔力が綺麗に収まっている」

「そですか……」

「異常ないって言ってんのに、ランベルトのやつ何度も確認するんだよなぁ……ほんと過保護がすぎるというか……」

おおう、お父様が塩対応なのに甘いという謎すぎる現象を起こしてらっしゃる。氷の侯爵様キャラがブレるの困ります。あー、困ります。もっとお願いします。

とはいえ、現在お父様と私の距離は遠い。心も体も遠くて寒い。ずっと甘やかされていたから、これが世間でいう普通の距離であるはずなのに寒くてしょうがない。

夢の謎も解けず、お父様との距離も遠いままで落ち込む私。

しょぼくれていると、苦笑したお師匠様はわしわしと頭を撫でてくれる。おおう、せっかく綺麗にセットされた髪ががが。

「まぁ、前も言ったが……逃げたくなったらうちに来い。温泉もあるし、奥さんも喜ぶからな」

「あい」

なんか前にも言われたような気がする。

お師匠様はアレだな。親戚に一人はいる精神年齢低めなんだけど「絶対的に頼れる叔父《おじ》さん」みたいなタイプだな。

うららかな陽気と、美味しいお茶、そして大好きなマドレーヌ。

好きなものに囲まれていた私は、やっぱり油断していたようだ。

翌日の朝食で突然、お父様が「王宮へ行く」と仰られた。

「わたしも、ということですか?」

「そうだ」

なるほど。いやなるほどって言ったけど、実はよく分かっていない。

セバスさんに視線を送れば、微笑みながら説明してくれる。

「旦那様は本日、国王陛下との面談があります。同席せよとのことです」

なるほど。いやなるほどって言ったけど、なぜ私が王様と会うことになるのかが分からない。

「精霊界のことを、お嬢様からもお聞きしたいとのことです。ヨハン様も同席されますよ」

なるほど。お父様を見たら無言で頷いてらっしゃるし、セバスさんの言う通りなのだろう。

でも、なんでお父様から話してくれないのかな？　やっぱり嫌われて……。

「それは有り得ません」

お、おう。それなら良かったです？

にこやかなセバスさんとは対照的に、眉間のシワが深すぎるお父様が気になりますが……きっと王様と会うのが嫌なのだろう。前も面倒だって言ってたし。

よし！　なにやら不機嫌そうなお父様のために、ちゃちゃっと済ませてしまおう！

86　寝ていない耳に水の幼女

王宮へ向かうための準備をする私は、マーサとエマの手によってギリギリ見られる格好になっていた。

なぜギリギリかというと、精霊界から戻ってきてから成長期？　に入ったらしく、手持ちの服の丈が微妙に合わなくなってしまったのだ。さらにこの前の白昼夢から、さらに体が大きくなった気がする。それでも年齢からすると平均身長には届かないんだけどね……ふふふ……。

「レースを裾《すそ》に増やせば……」

「こちら、リボンの長さを……」

「お髪《ぐし》の結い上げは……」

「お靴は急ぎ取り寄せて……」

などと、マーサとエマが交互に確認しつつ、セバスさんがあらゆる手を使って足りないものを取り寄せて、何とか形になったのである。

こんなことなら、もっと早く仕立て屋さんに頼んでおけば良かったなどと悔やんでしまうけれど、今さらだよね。

新しいドレスは、あと一週間ほどかかるとのこと。

普段着や外出着くらいなら丈が短いくらい大丈夫だと思っていたけど、まさか王様から呼び出されるとは……。

身支度をしてエントランスへ向かうと、お父様とお兄様という見目麗《うるわ》しい親子が私を待っていたのでした。ま、眩《まぶ》しいっ！　ぐはっ！（鼻血）

「おまたせしましたベルとうさま。おにいさまもいっしょで、うれしいです」

「……うむ」

お兄様は、急きょ学園を休むことにしたそうだ。精霊界について話す時、私のフォローもしてくれるだろう。お兄様がいれば、王様との謁見は怖くないぞ！

それよりも問題は、現在、妙な緊張感がただよう馬車の中だ。

「父上？」

「……」

お兄様が呼びかけても、お父様は黙ったままだ。

私はといえば、ぐらぐら揺れる馬車の中で転がらないよう、必死に椅子の端っこにしがみついているのだけど……いつもはお父様のお膝抱っこで安定しているのに。ぐぬぬ。

「ユリアーナ、こちらへおいで」

「うう、おにいさま……」

「……」

相変わらず黙して語らない無表情なお父様。

いや、もしかしたらこの状態がデフォだったのかもしれない。

前の世界での私が世界の理《ゆり》を操作し、過剰《かじょう》なまでに愛情を注ぐよう設定していたのだから、今のお父様の態度こそがきっと正しくて。

「ユリアーナ？」

「なんでも、ないです」

甘ったれな幼女のままではいられない。こうやって私は、少しずつお父様離れをしていくべきなのだろう。でも……。

揺れる私を支えてくれるお兄様に、ぴったりとくっつくこと半刻。

眉間のシワがどんどん深くなるお父様を心配しつつ、なんとか王宮へたどり着いた私を待っていたのは、とんでもない申し出だった。

「……フェルザー侯爵。いや、ランベルト」

「なんでしょう、国王陛下」

「ここは公式の場ではない。アーサーでいい」

「そうか」

額に手をあててため息を吐いている王様に、お兄様と私は首を傾げる。

謁見の場では挨拶だけだった。

お元気ですか？　変わりがなくて何よりです！　みたいなやつ。

それが終わるとすぐに別室に通されて、今この状態となっているのだけど……。

「父上、なぜそのように不機嫌なのです？」

「……不機嫌ではない」

いや、めちゃくちゃ不機嫌だよ？

これまで誰がいようとも（たとえそれが王様であっても）私《ユリアーナ》をお膝抱っこしていたお父様が、ひたすら眉間のシワを深く刻んでいる様子を「不機嫌」以外どう表現しろというのか。

「ランベルト……君から謁見を申し出てきたのに、その態度はどうかと思うよ？」

「元からだ」

「なんかひどい！　ちょっと、一国の王に向かってひどくない⁉」

え？　お父様からの申し出だったの？

思わず隣にいるお兄様を見れば、驚いた様子だ。

「父上、私は精霊界のことをお伝えすると聞いていましたが」

「それもあるが、もっと重要なことがあるだろう」

あくまでもこの状態が「不本意」といった様子のお父様を見て、お兄様は何かに気づいたように私を見る。

え？　私？

「そういうことでしたか」

いやいやお兄様。ご納得されて何よりなんですが、私だけ置いてきぼりだから説明プリーズなんですけど……。

「親子の会話は終わったかな？　もう、ランベルトが無茶なことを言うから、すごく頑張ったんだよ？　公務よりも優先させたんだよ？」

「当たり前だ。それで、先方はなんと？」

「受け入れる準備は出来ているってさ。まったく……あそこの神子《みこ》だか予言者だか知らないけど、こっちの申し出を知ってたみたいに動いていたよ」

「やはりな」

えーと、本格的に何の話なんだか分からないので、とりあえずお茶菓子食べてもいいですか？

なんなら帰りたい気持ちになっているんですけど。

「ユリアーナ、お前の話だよ」

お兄様が私の背中を撫でてくれる。

少し離れた椅子に座っているお父様を見れば、無言な上にすんごい怖い顔をしていた。この顔は怒っているんじゃなく心配しているのだと分かっているのだけど……。

「わたしのおはなしですか？」

「そうだ。これまで父上はお前の縁談を断り続けてきていた。魔力暴走の後遺症で、成長が遅く体が弱いからという理由で」

「えんだん……」

そうか。ユリアーナは、お父様と血のつながりは無くとも侯爵家の娘だ。少なくとも伯爵家だったあの人の血はひいているから、貴族であることは確かだ。

家柄もそうだけど、お父様の持つ「力」を得ようと周りは縁談の申し出をするはずだ。それはお兄様だけじゃなく、私《ユリアーナ》にも。

「父上の言葉に、他家の者たちは納得していた。しかし、それがここ最近崩れていく出来事が起きた」

「えっと、せいれいかいでのことですか？」

「それもそうだが、ユリアーナは戻ってきてから背が伸びただろう？」

「はい。ドレスのつくりなおしをしないと……」

そこで、ふと気づく。これまで出入りがほとんど無かった仕立て屋が、急にフェルザー家に出入りするようになったら？

王様はやれやれといった様子で口を開く。

「うっかりしていたよね。まさか、そんなところから情報が漏れた上に、フェルザー家の娘が縁談相手を探しているなんて噂が広まるなんて……ランベルトらしくもない」

「……噂の芽は潰した」

「君のところの影も、さすがに根付いた噂を消せるほど有能じゃないでしょう？　うちの影だって短期間じゃ難しいよ？」

あー、なるほど。

お兄様は学園にいるし、お父様は体型が変わらないから、仕立て屋さんが家に来る理由は「私」ってことになるのか。

そこからなぜ縁談の話になったのか不明だけど、ドレスを色々作るということは元気になったってことだと思われた。とか？

「まだ、えんだんとか……かんがえられません」

「分かっている。だから父上は国王陛下に申し出てくれたのだと思う」

お兄様の言葉に、王様はコクリと頷く。

「ランベルトからの申し出で、ユリアーナ嬢には国外へ出る許可を出すことになったんだよ」

え？　国外？？？

87　溜まったら発散させて湯に流そう

頭が真っ白になった……気がしただけで、実際はお父様の眉間のシワがどこまで深くなるかをぼんやりと眺めているだけ。

「ユリアーナ？」

気遣うようなお兄様の声に、反応しようと思っても出来ない。

まるで体と心がバラバラになってしまったみたいに、言葉を出すこともできずにいる。

なぜだろう。

いつかは家を出ることになることは、ついさっきまで考えていたはずだ。

お父様とお兄様がいる、あの居心地の良いお屋敷。

優しい人たちに囲まれ、甘やかされる日々は「いつか」終わると知っていたのに。

「なぜ、ですか？」

「……ユリアーナ、お前のためだ」

分かっている。

私のためを思ってお父様が今までも、そしてこれからも行動してくれることは、分かっているんだ。

それでも。

「ベルとうさまは、わたしと、はなれたいの?」

「……お前が望まぬ婚姻《こんいん》を避けるためだ」

違うの。そうじゃなくて。お父様がどう思っているか知りたいの。

でも、それを問う勇気は無い。

お腹のあたりから沸き上がってくる気持ちは喉のところで留まって、出そうとする言葉や声さえも塞《ふさ》いでしまう。

「ユリアーナ、ゆっくりと呼吸をしろ」

お兄様の言葉は耳に入ってくるんだけど、体が思うように動かない。

いっしょうけんめい空気を吸おうとするのに、喉の奥に何かが詰まっている。

「……ユリアーナ」

お父様、どうして?

どうして前のようにユリアと呼んでくれないの?

やっぱり私が『世界の理』を操作してしまったから?

それとも、私が、本当の娘じゃないから?

「ランベルト! ユリアーナ嬢はどうなっている!?」

「父上! このままでは危険です! ユリアーナの魔力が!!」

だから「また」お父様は「私」を「捨てる」の?

「ユリア!!」

気がついたら、包まれていた。

大きくて温かくて、いい匂いのもの。

これは、私の大好きな、お父様の抱っこだぁ……。

「ユリア……!!」

「ベル、と、しゃま……？」

「もう大丈夫だユリア！　国外へ行かせるなどと、私が絶対にさせない！」

「え、ちょっと待って。それ、君が申請してきた……」

顔色を変えた王様が何かを言っているみたいだけど、お父様は私を宥めるのに必死だ。

そしてさらにお兄様も援護に加わる。

「ユリアーナ、国王陛下の申し出であっても、父上と私で阻止してみせる！」

「嘘でしょ？　親子そろっての狼藉《ろうぜき》とか？」

お兄様も加わったことで、もはや絶望といった様子の王様がちょっと可哀想。

さっきまで頭が真っ白な状態になっていた私だけど、お父様の大きな手が背中を優しくぽんぽんしてくれて、お兄様が頭を撫でてくれているから少しずつ落ち着いてきた。

そしてさっきまで息苦しかったけど、楽に呼吸ができるようになっている。

「……ふ、ふぇ……ふにゃ……ベル、とうしゃまの……」

「ユリア？」

安心したと同時に、ふたたび私のお腹のあたりから沸き上がってくるものを感じる。

今度は止まることのないそれは、目から鼻から水となり、口からは声となって溢れ出した。

「ふぇ、ベルとうしゃまの……べるとうしゃまのばかあああああ!!　ふにゃあああああ!!」

「ユ、ユリア!?」

「にゃああああああああああ!!」

「ああ、泣かないでくれユリア！　お前のためならば一国の王すら滅してくれよう！」

「理不尽!!」

「父上、国を滅ぼすくらいでないと……」

「息子も何言っちゃってんの!!　元はといえばランベルトがユリアーナ嬢にちゃんと説明してなかったからでしょう!?」

必死で暴走氷親子を止めようとする王様を、お父様が鋭く睨みつける。

「その事を誰から聞いた？」

「目、こわ！　虹髪から聞いたんだよ！」

「……ふむ、そうか」

「にゃあああああああ!!　おししょおおおおおお!!」

車と泣き出した幼女は急には止まれない。

それでも会話に出てきた「虹髪」という言葉に、思わず泣きながらお師匠様を呼んでしまう。

呼んでも来るはずがないのに。

「やっぱりこうなったかぁ」

「ふにゃ？」

すぽっとお父様抱っこから引っこ抜かれた私は、今度はモフモフの羽根に包まれることになった。

おお、これはこれで良きもの……!!

「返せ」

「ダメだ。お前なぁ、あれだけ嬢ちゃんに話しとけって言っただろうが」

「……嫌われたく、なかった」

無表情で話すお父様だけど、お師匠様に睨まれて少しションボリとした感じになっている。

人払いがされていたはずの部屋に、いつの間に入り込んだのだろうか。神出鬼没《しんしゅつきぼつ》なお師匠様は私を抱っこしたまま、お父様たちから少し離れたソファーに座った。

そしてお師匠様はお兄様にも鋭い視線を向ける。

「ヨハン坊も次期当主になるんだ、暴走する父親を諫《いさ》めるくらいはしておけ。止めるのは無理だとしても、だ」

「……はい」

坊という呼び方が嫌だったみたいだけど、お師匠様の言葉を素直に受け入れるお兄様はえらい。でも止めるのは無理っていう前提なんだね。うん知ってる。

ところでお師匠様は、なぜここに？　私が呼んだから……じゃないと思うけど。

「王宮内で魔力暴走寸前みたいな人間がいれば駆けつけるぞ。こう見えて俺は優秀だからな」

「ふぐっ、えっく、おししょ、しゅごい」

「おう。俺はすごいからなぁ」

よしよしと私の頭を撫でてくれるお師匠様。えへへ。

この場が落ち着いたところで、疲れ切った表情をした王様が口を開いた。

「はぁ……とりあえず、話は進めていいのかな？　それとも取りやめておく？」

「いや、国外に出る許可はそのままにして、嬢ちゃんに選ばせればいい」

「おしょ？」

「落ち着いて考えてみろ。王の許可は少し遠くまで旅行ができるようになるってだけだ。魔力を暴走させるほどのことじゃないだろう？」

「りょこう……」

そうか。そうだよね。

私ったらなんで呼吸がおかしくなるくらいショックを受けたんだろう？

お父様が私と離れたいと思っている？　いや、幼女のユリアーナならそう思うかもしれないけれど、私《ゆり》は大人の事情だからと理解できるはずだ。

それに、私の中にいた幼女ユリアーナは、もういないはずなのに……。

「ま、手始めに森の温泉にでも来い。ゆっくり考える時間があったほうがいいだろう？」

「んー……」

それはそうなんだけど。

お師匠様の羽毛マントをもふもふしながらお父様をチラッと見ると、血走った目でこっちを見ている。

「おししょ」

お師匠様の逞しい腕をぺちぺちとして床におろしてもらうと、ぽてぽてとお父様のところに向かおうとする私は、数歩も歩かないうちに秒で膝抱っこの状態になっていた。

むふぅ、最近ご無沙汰《ぶさた》だったお膝抱っこの解禁……!!

そのまま見上げると、お父様の美しいご尊顔《そんがん》が私を見下ろしている。はふぅ、何度見ても眼福《がんぷく》ですなぁ。

「ベルとうしゃま、おんせん、いってもいいですか？」

「許す」

ダメかと思ったら即許されるやつだった。

「あ、そこは許すんだ」

王様の呟きツッコミが入ると、お兄様が「なるほど」と頷いている。

「つまり屋敷と、森にある温泉施設への行き来ができるよう繋げばいいのですね」

「おい、俺はやらないぞ？」

そうだよね。お師匠様は国の有事で動かすために移動の魔法陣を置いてるとか言ってたけど、刻む作業とかが大変そうだったもんね。

「そこはフェルザー家で行うのでお気になさらず」

「え、何だよそれ、すごく気になる……」

「あの……国の王としても、さすがにそういうことを堂々とされるのは気になるんですけど……」

うんうん、私も気になる。

お父様は満足げに「さすが我が息子だ」とか言ってるけど、何をどうするのか気になるから教えてください。

88　ホニャララの正体を知りたい幼女

かぽーん、と響く桶の音。

乳白色の湯に浸かりながら有名なコメディアンの歌をハミングしていると、なぜか大注目を浴びてしまった。

「もうすっかりひとりで入れるようになったのね、ユリアーナちゃん」

「とりのおくさま、あかちゃんは？」

「うちの人が見ているから、今のうちにお風呂しちゃおうかなって」

「おししょ、できるおとこ」

鳥の奥さんは相変わらず「ボンッキュッボンッ」といった魅惑のボディーを惜《お》しげもなく晒《さら》し、湯に浸かると色っぽくため息を吐く。

かくいう私といえば、幼女特有のぽっこりお腹じゃなくなってきたけど、まだまだ凹凸の少ない体型だ。将来に期待というところ。

「ところで、さっき誰かうめき声とか呪詛《じゅそ》とか吐いてなかったかしら？」

「う？　みなさんきもちよさそうに、おふろしてましたけど」

「そう……なんだったのかしら……」

具合悪そうな人はいなかったと思うよ。もしお心当たりのある方がいれば、申し出てくださいねー。

ちなみに、モモンガさんは桶に入れた温泉で大満足みたい。この森にある温泉施設はモフモフな獣人さんたちが多く利用するから、モモンガさんも一緒に入浴できるのだ。むふふん。

え？　モモンガさんが雄っぽいのに、お風呂一緒でいいのかって？

「きゅー……（精霊に性別はないのだー……）」

ということみたいです。

今、私は森の中にある獣人さんたちの居住区にお邪魔している。温泉でも浸かりながら色々とじっくり考えたらいいだろうと、お師匠様が勧めてくれたのだ。

そう。色々と考える必要がある。

「ユリアーナちゃん、気持ちは分かるけどお風呂で考え事は良くないわ」

「はーい。さきにあがりまーす」

そうだね。考えるよう言われたからといって、本当にお風呂で考え事してたらのぼせちゃうもんね。

ざばっとお風呂からあがると、モモンガさんもブルブルっと風で水気を飛ばしてついてきた。

む？　もう乾いてる？

「きゅー（精霊たちがやってくれる）」

「べんりだねー」

「きゅー？（主のも頼もうか？）」

「へいきー」

それだと、なんというか温泉の情緒《じょうちょ》みたいなものが無くなる気がするのよ。

「きゅきゅ？（鳥の男のところへ行くのか？）」

「うん。モモンガさんも行く？」

「きゅ！（うむ！）」

妙に気合の入っているモモンガさんに首を傾げながら、私はお師匠様がいるであろうサンルームへと向かうことにした。

うらうらとした暖かいサンルームは、すっかり鳥ご夫婦の育児施設になっているようで、ベッドや赤ちゃんグッズが色々と置かれている。鳥の奥さんの一族は少し特殊で、生まれたばかりの子は常に暖かい場所にいる必要があるんだって。

「うーたぁー！」

「あかちゃーん！」

キラキラと虹色の髪をきらめかせ、キラキラな笑顔を見せてくれる赤ちゃん！

私に気づいたのかまんまるほっぺを赤くして、ふくふくの手指を伸ばして求めてくれるのがもう！　もう！　なんという愛らしさなのか！

「娘よ……父よりも嬢ちゃんと会う時のほうが嬉しそうだな……」

さっきの「うーたぁー」は、私のことだ。

同時期に「ぱぁー」も言えるようになったから、師匠はそれほど落ち込まずにすんだのだけど、なぜか鳥の赤ちゃんは私をめちゃくちゃ好いてくれている。

お師匠様の腕の中で、私のところへ行こうとむずかる赤ちゃん。まだ私の体は小さくて危ないんだけど、お師匠様が魔法でフォローしながら抱っこさせてくれた。

ぬくい。やわらかい。いい匂い。

「きゅきゅ（ここならばいいだろう）」

肩にいたモモンガさんが、ぶるりと体を震わす。すると次の瞬間、人形サイズの人型モモンガさんになっていた。あれ？　お師匠様にこの姿見せても良かったんだっけ？

モモンガさんを見ても特に動じてないみたいだから、もしかしたら知ってたのかな？

「ほう、前と比べたら力がついたようだなぁ」

『我を見くびるな！　……と言いたいところだが、鳥の男に聞きたいことがある』

「なんだ？　今の俺は娘の愛情不足で瀕死《ひんし》状態だぞ？」

お師匠様ちょっとかわいそう。

でも、モモンガさんが何を聞きたいのか、私も知りたいので続きをどうぞ。

『この前、主の危機に我が駆けつけられなかったのは、鳥の男の魔法だな？』

「ああ、魔力暴走しかけていたからなぁ」

おっふぅ、すみません。その節はお世話になりました。

『我は主の危険を察知できる。仮とはいえ契約もしておるからな。しかし、あの時の我は鳥の男の魔法に阻まれた』

「え？　そうなの？」

驚く私を見て、お師匠様はドヤ顔になる。

「俺の結界は対『ハイイロ』用に考案したものだから、精霊どころか他の奴らも入ってこれないぞぉ」

「ほかのやつら？　まじゅう？」

「精霊でもない人や魔獣でもない存在も、だ」

え、な、なんですかそれ。

ま、ま、まままさかユ、ユ、ユールレイヒー♪（混乱）

『なんだ主、怖いのか？　ほとんどの奴らは害のないモノたちだぞ？』

「そういうもんだいじゃないの。なんだかわからないものは、こわいものなの」

肩にいるモモンガさんから呆れたような雰囲気が感じられるけれど、怖いものは怖い。

ちなみに魔獣に属するゴースト、ゾンビやスケルトンは怖いというよりも嫌だなって気持ちになるだけの不思議。

『人間がつくるものに何かが入ることもあるぞ？　いちいち怖がるのか？』

「え……？」

ま、まさかユーホニャララが、あちこちに⁉

「そういや修道院や教会は特に何かが……」

「あーっ‼　もういいですー‼」

『本当に奴らが怖いのだな、主は』

これはもう、持って生まれた本能みたいなものなのですよー‼

「それで本題に戻るが。嬢ちゃんは何が知りたい？」

「……ぜんぶで、おねがいします」

お父様やお兄様が、私のために何をしようとしてるのか。

私は知りたい。

89　考える前に答えは出ていた幼女

「さて、どこから話したもんかな……」

お師匠様はしばらく黙っていたけれど、置いてあるガラスポットに入った果実水を自分と私とモモンガさんの分をグラスに入れて出してくれた。

ちなみにモモンガさんの分は紅茶用の小さめなミルクピッチャーです。かわいい。

はしゃぎすぎて眠くなった鳥の娘さんを魔法でベッドに移動させながら、お師匠様はつらつらと語り出す。

「嬢ちゃんは、ランベルトの血をひいてないだろう？」

「はい」

「これまでの嬢ちゃんは体が弱いという理由《いいわけ》で、貴族社会の中でも知る人間は少なかった。幸いにもね」

「さいわい、ですか？」

「あの女《エリザベス》の生家の伯爵家は、ランベルトが激怒したのを知って『娘は病死した』という届け出を出したんだ」

「あのひと、いきてるって」

「ああ、今は修道院で慎《つつ》ましく暮らしているってなぁ」

うん、そう聞いていたけど……って、教会とか修道院はアレがいるんじゃなかったっけ⁉　こわいよ⁉

軽く身震いした私は、ふと気がつく。

「ええと、あのひとがいなくなって、さわぎにならなかったの？」

「これまでの行いは色々あったかもしれないが、さすがに死んだ人間をどうこう言う貴族は少ない。それにかの伯爵は憔悴《しょうすい》しきっていたから、話を聞こうにもなぁ……」

たぶん、私を虐待していたことがバレてお父様が激怒した影響だろう。

あの人を育てた親に罪はあるのかどうか私には分からないけど、お父様は罪のない人に怒りをぶつけたりしない……はずだ。たぶん。

え？　この前、罪のない王様に何かしてなかったかって？　気のせいじゃないかな！

「ランベルトの怒りに触れた伯爵家は、今後表舞台に出ることはないだろう。つまり、嬢ちゃんの存在を『どうしていくのか』を情報操作できるようになったってことだ」

お師匠様はグラスにある果実水で口を湿らせて、首を傾げている私に苦笑しながら説明を続ける。

「嬢ちゃんは今、とある国の王族の落とし胤《だね》ってことになっている」

「おとしだね？」

なんでそんなことに……って、まさか……！

「アーサー……陛下が手を入れたんだ。ビアン国の王族の血をひいている嬢ちゃんは、諸々の事情があってフェルザー家に預けられたってことにした」

「たしかに、うそ、じゃないけど……」

「嬢ちゃんが王族の血をひいていることは事実だ。そりゃ嘘じゃないけどなぁ……」

そう言ったお師匠様は、難しい顔をして続ける。

「あまり言いたくないが、貴族が不義の子を実子として届け出ることはよくあるし、まったく血の繋がらない子を養子にすることもあるんだけどなぁ……」

もしやお父様、王様に無理言ったのでは。

「さすがのアーサーも、公的書類を動かすのは今回限りにしてほしいとボヤいていたなぁ」

王様かわいそう。（何度目か分からない同情）

でも、どうしてそこまで？

「他国の王族を『お預かりしている』となれば、縁談の申し出はランベルトではなくアーサーの管《かん》轄《かつ》になる。国元の王族との絡みもあるから、一介《いっかい》の貴族がどうこうできなくなるんだよ」

「……ええっ⁉」

いや、分かってるよ？　王族が絡んだら貴族たちだけの問題じゃなくなるって。

しかも私の場合は他国の姫ってことになるから、何かあったら国際問題に発展する可能性もあるってことになるってことも、ちゃんと分かっているんだけどさ。

そこまで把握しながらも驚いた理由は、ただひとつ。

「おとうさま……どんだけむちゃしたの……」

「ほんと、それな」

ユリアーナに対し過剰な愛を注ぎすぎていた『世界の理』を正したはずなのに……。

『人間の世界のことはよく分からぬが、氷の男が主に向ける感情は、なかなかに強いといつも感心しておる』

そうなんだ？

でも、精霊界から帰ってきてからお父様の態度は変わっていたし、愛情過多もなくなったと思っていたんだけどなぁ。

『そんなに変わったように見えぬぞ？』

え、モモンガさんって人の思いとか、そういうのが見えるの？

『うむ。精霊は人の感情に敏感なのだ』

お師匠様が「あーっ!!」と叫んで頭を抱えている。

もちろん鳥の赤ちゃんを起こさないように、ぬかりなく結界を張っているのはさすがお師匠様だね。

「まったくアイツは！　前は分かりやすく溺愛暴走していたのに、ここ最近は理性的に計算し尽くした上で溺愛暴走してるからタチが悪い！」

それでも、お父様の尻ぬぐいをしてくれるお師匠様は、一見粗野《そや》に見えるけど優しい人だと思うよ。さすがお師匠様、さすおし。

「ごめんなさい、おししょ」

「いや、嬢ちゃんのせいじゃない。とりあえず事情は分かったか？」

「あい」

お父様は私を不義の子として後ろ指をさされないよう色々やってくれて、なおかつ望まぬ結婚をさせないよう鉄壁の防御『他国の姫』を発動させたというところまでは把握した。

「それで？　嬢ちゃんはどうしたいんだ？」

「……いつかは『しんせき』と、おはなししようとおもってました」

「そうか。えらいな嬢ちゃんは」

お師匠様は「嬢ちゃんはランベルトよりも大人の思考を持っているな」と言いながら、ワシワシ撫でてくれる。ちょっと痛いけど嬉しい。えへへ。

そりゃ中身はアラサーですからね。大人の思考くらいできますよね。（ほぼ忘れかけていたけれど）

ひとりで考える、なんて言いながらお師匠様とがっつり話し合ってしまった。途中で鳥の奥さんが来たから、今のモモンガさんはモモンガに戻っている。

「みせるの、おしょだけ？」

「きゅ！（我の姿は刺激が強いからな！）」

刺激、とは？

そういえば精霊王が生まれたら、獣人族の皆さんが世話をするとか前に聞いたような気がする。

「もしかして、バレちゃう？」

「きゅ！（さすがに人型だとバレるぞ！）」

それは胸？　を張って言うことじゃないと思うよ？

コソコソ話していると、鳥の奥さんが赤ちゃんを世話しながら私のほうを見る。

「ユリアーナちゃんは時間を気にせず、ゆっくりしていってね」

「ご、ごめいわくをおかけしまっしゅ！」

内緒話している中で、急に声をかけられたから思わず噛んでしもうた。

「本当に気にしないでね？　この子もユリアーナちゃんがいるとご機嫌だから、とても助かるのよ」

「それなら、よかったです」

赤ちゃんのお世話は、どの世界でも大変なんだなぁと思っていると、鳥の奥さんは真顔で私を見る。

「本当に、ずっといてくれてもいいのよ？　なんなら私たちの養子になるといいわ。獣人族総出でユリアーナちゃんを守るし、こう見えて夫は国で一番に近い魔法使いなのよ？」

あ、はい。知ってます。

「息子のほうは大人しくて夜泣きも少なかったんだけど、この子は誰に似たのか……夜中に起きて、まだ飛べないはずなのに鳥の姿で外に出てしまうくらい元気なのよ……」

誰に似たのかという問いに対して、ちゃんと答えは出ていると思いますよ。

飛べないのに外に移動するということは、歩いて行っちゃうってこと？　すごいな鳥の赤ちゃん。ドアとか鍵がかかっているんじゃない？　それにお師匠様の強力な結界が張ってあるんじゃないの？

「結界もドアも突き破っちゃうのよねぇ」

「つきやぶる……」

本当にすごいな鳥の赤ちゃん。

90　未だ天井知らずの過保護と知る幼女

思い立ったが吉日とばかりに帰り支度をする私。

実のところ、ここでは何でもひとりでやっていたんだよね。もちろん魔法で。

修行の一環として、細やかな魔力操作ができるようにと師匠命令されていたのだけど、こういう生活に関わる魔法の使い方って……。

「おしょ、ズボラだからなぁ」

「きゅ、きゅきゅ（良いではないか、それで魔力操作が上達しておるのだから）」

「そーなんだけどさー」

獣人さんたちのいる森には一週間も滞在しなかったけど、ひとりで行動するのは新鮮だったなぁ。

「きゅ……きゅ（ひとり……か）」

「どしたのモモンガさん？」

「きゅ！　きゅきゅ！（いや何でもないぞ！　さて行くとするか！）」

やけに慌てているモモンガさんに首を傾げながら、とりあえず挨拶をしようとツリーハウスから降りていくと、むきむきぼふーんといい匂いに全身が包まれてしまう。

「ユリア」

「ベルとうさま⁉」

いや、ぎゅっと抱きしめられているから顔は見えないけど、たぶんこの匂いはお父様の匂いに違いあるまい。くんかくんか。

はぁ……癒されるぅ……。

「やっぱり来たな。どんだけ過保護なんだよ」

「過保護？　ユリアがひとりでいるなど危険しかないだろうが」

「影は付けてんだろ？」

「いや、今回は付けていないぞ」

え？　そうだったの？

そういえばお父様ほどじゃないけど、いつものいい匂いがしないなぁって思ってたんだよね。

「じゃあ、ここに仕込んである探知魔法に触れたのはなんだ？　まさか俺と同等の強さを持つ人間……」

「そう、私だ」

「お前かよ!!」

奇《く》しくもお師匠様のツッコミと私の心の声が同じ言葉で紡がれた。さすがお師匠様だ。さすおし。

ところでお父様はどうやってここに来たのだろう。私が帰るっていう知らせは出したけど、それを受けてから森の居住区に来るまでの時間が早すぎるような……？

お父様は、首を傾げる私の頭を撫でながら説明してくれる。

「ヨハンと共に開発した移動方法がある」

「おにいさまと？」

「精霊の力を借り、精霊界経由で移動する方法だ」

「なんだと!?　お前、ここに来るまでの移動に魔法を使っていないのか!?」

「アーサーから聞いているだろう。私とヨハンは精霊界で精霊と契約したと」

「それは聞いていたが、そんな訳の分からん移動方法があるなんて聞いていないぞ！」

私も聞いていませんよ？　モモンガさんを見れば、ビクッと体を震わせて丸くなっている。

……さては、何か知っているな？

「そもそも魔力のある人間に精霊が力を貸すなんて前代未聞だ。精霊は魔力を嫌っているんじゃないのか？」

「きゅっ……（そうではないぞ……）」

「モモンガさん、おししょにせつめいしてくれる？」

丸まったままのモモンガさんに声をかけると、渋々といった様子で手のひらサイズの人型に姿を変えるモモンガさん。

『主の頼みだから説明するが、ここだけの話にしてほしいのだ』

「おう、分かってるよ」

『もともと精霊に属性はない。しかし、相性のようなものはある。精霊は人と契約することにより属性が決まり、精霊界と人の世界とを行き来できるようになる。ここまではいいか？』

「ああ。精霊使いが残した文献《ぶんけん》に、それらしきことが書いてあった」

『人間のほとんどは魔力を持っている。植物や動物、魔獣なども含めた生きとし生けるものすべてにあるとされている。唯一例外もいるがな』

「精霊王に愛されし『勇者』か」

『そうだ。魔力を持たない銀色の髪を持つ人間のことだ』

魔力のあるお父様やお兄様は、銀色の髪でも勇者ではないんだね。

むしろ『勇者』が生まれたら『魔王』もいるってことだから、あまり歓迎されることでもないいんだろうけど。

この世界では生まれた子が銀髪だった時、魔力があるのが分かると家族はホッとするらしい。

「銀色の髪や瞳は精霊に好かれやすい。そして精霊使いは皆、魔力が極端に少ないというのが通説だ」

『うむ、魔力は世界の『理』として存在しているもので、精霊たちは『理』を視ることができる』

「俺が魔力が視えるのと似たようなものか？」

『うむ。主も魔力を視ることができるが、精霊というものは鳥男や主よりも魔力が視えすぎてしまうのだ』

「あー、なるほど。そういうことか」

精霊たちは精霊界の隙間から気に入った人間に声をかけて、そこから契約が始まるそうだ。でも、魔力の多すぎる人間は精霊から『世界の理』に埋没《まいぼつ》して視えない状態になっている。だから、なかなか声をかけられないってことか。

「……私とヨハンは精霊と契約できたが」

『氷の親子は精霊界に入ったから、精霊たちも視ることができたのだろう』

そう言いながらモモンガさんは、目の前にふわりと浮いて私を見る。

『主の魔力は多いが理から外れた存在だった。だからこそ我に視えてしまったのだ』

「ゆうしゃじゃないよ？」

『うむ、主が勇者でなくて良かった』

ふたたびモモンガさんがモモンガの姿に戻って、私の肩に乗り頬にモフモフ擦り寄ってくる。

するとさりげなくお父様が手のひらをモモンガさんと私の間に挟み込んだ。

「おい、それくらい許してやれよ」

「ダメだ」

呆れたようなお師匠様に対し、お父様が駄々っ児みたいに返しているのを微笑ましく思う私は、ふと気づいてしまう。お父様とお兄様が精霊界を経由した移動法を確立させたということは、それを私とモモンガさんも出来るのではないかということに。

「きゅ。きゅきゅ……（我だけならともかく、精霊王が人間と精霊界を出入りすると目立つのだ……）」

使い勝手が悪すぎるな、精霊王。

「きゅっ⁉　きゅきゅっ‼（ひどいっ⁉　主のために来ちゃいけない時には、我が精霊たちを止めていたのだぞ⁉）」

あ、そうだったのね。

確かにお風呂タイムとか、お着替えタイムに覗かれるのはちょっと嫌すぎる。影さんたちはそこらへん徹底されているから大丈夫なんだけど。

ショックで毛並みがガビガビになっているモモンガさんを撫でて宥めていると、お師匠様が納得いかないといった様子でお父様とお話ししている。

「俺の探知魔法は人間ならハッキリと分かるものだ。それなのに嬢ちゃんが滞在している間は小動物が動いたくらいの気配しかなかった。ランベルトのところの影が特殊な方法で見守っていると思ったんだがなぁ」

「うむ、私とヨハンは愛しのユリアを精霊界から見守っていたからな。その覗き穴から漏れた気配だと思うが」

え、ちょ、それ、精霊界を私物化してない？

「私のユリアを護るためならば、全てが些細《ささい》なことだ」

え、ちょ、なんかお父様の過保護、悪化してない？

91 艱難辛苦《かんなんしんく》を耐えられない幼女

「とはいえ、この移動方法は万能ではない。動ける範囲が限られている」

「どこまでいけるんだ？」

「南や水の少ない地域は無理だ。私の属性を引き継いだせいか、精霊界から移動できるのは水や氷と親和性が高い場所に限られる」

なるほどと頷いているお師匠様は「限定とはいえ便利だな……」などと呟いている。

ダメですよ。精霊さんたちを道具扱いするなんて。

「きゅ、きゅ……（我もそうだが、精霊たちは楽しいことが好きなのだ……）」

なるほど。精霊王に似て、精霊たちは好奇心旺盛なのか。

お父様やお兄様は新しいことを考えているから、それが精霊たちにとって楽しいのかもしれない。

それに、精霊たちはポジティブな感情を好むっていうからね。

それにしても歴代の精霊使いたちは、なぜ思いつかなかったのかしら？

「きゅ、きゅきゅ？（そもそも契約相手に膨大《ぼうだい》な魔力がないと、成り立たないのではないか？）」

あ、そうか。

精霊使いは魔力が極端に低い人たちばかりだから、精霊と魔力で何かしようなんて考えたことなかったのかも。

お父様やお兄様のようにたくさん魔力がある人が精霊を契約できるなんて、よくよく考えたら奇跡みたいなものだ。

「便利だなぁ……」

「やらんぞ？」

「俺も精霊界に行ってみたい」

「そこの毛玉に頼め」

お師匠様の熱い視線に驚いたモモンガさんが、ぴゃっと膨らんで私の髪の中に隠れてしまった。

気が向いたら行けると思いますよ。

そしてモモンガさんは、おいしい木の実が好物みたいですよ。

お父様の『精霊移動』で、お屋敷まであっという間でしたとさ。

そして私の目の前にズラリと並んでいるのは、セバスさんを始めとした、お屋敷の人たち全員集合でございまして。

「ユリアーナお嬢様、おかえりなさいませ」

「た、ただいまもどりました……」

セバスさんの妙な迫力のある笑顔と、その後ろにいる涙目のマーサとエマ、そして庭師さんたちに思わず尻込みする私。（お父様抱っこの状態だけどね！）

「落ち着けセバス、こうして無事に戻ってきたのだ」

「何をおっしゃいますか。フェルザー家のお嬢様を、お一人で森へ行かせるとは……なんという恐ろしいことを……」

「お嬢様！　お体はご無事ですか⁉」

「すぐにお医者様をお呼びいたします‼」

お父様に対してセバスさんが懇々《こんこん》と説教する中で、マーサとエマが私を重病人のように扱おうとしてくるんですけど⁉　ちょ、ちょっと落ち着いてーっ‼

「落ち着けと言っている」

ブワッと広がる冷気に、大混乱状態だった周りの人たちが一気に沈静化する。そしてセバスさんの笑顔が通常モードになった。良かった。

「セバシュ、わたしはだいじょうぶ」

「お嬢様……お強くなられて……‼」

いやだってさ？

行く時はお師匠様と一緒だったし、滞在している時は常にお父様かお兄様が見ていたみたいだし、帰りはお父様抱っこだったし。

ひとりって何だろう……って感じじゃない？

感動に打ち震えているのはセバスさんとマーサとエマ。そしてなぜか庭師さんたちからもすすり泣きが聞こえてくるんですけど。じわじわ増えていく保護者たちよ。

でも、ここまで心配してもらえるのは嬉しい。

「みんな、かぞくみたい。うれしい」

たくさん心配してくれるの、くすぐったい気持ちになるけど嬉しい。

前はそういうの、あまり無かったからね。

ん？　前ってなんだ？

「どうした、ユリア？」

「なんでもないです」

ふと、少し前に見た夢を思い出した。精霊界から戻ってすぐくらいに見た、白昼夢を。

夢の中のユリアーナに、思い出さないと「めっ」ってされて……。

「疲れただろう、部屋で休むといい」

「……はい。ベルとうさま」

肩に乗っているモモンガさんのモフモフの毛並みを撫でながら、私はこくりと頷いた。

「ユリアーナ」

「おにいさま！」

学園で授業を終えたお兄様が、私が帰ってきたことを知って部屋に来てくれた。

お兄様も『精霊移動』が出来るから、学園からお屋敷までの移動が楽になったと嬉しそうに語ってくれる。

「精霊とはありがたい存在だな。学園でも大いに助けられている」

「それはよかったです」

「きゅ！（うむ、我のおかげだな！）」

モモンガさんがモフモフの胸をそらしてドヤ顔？　しているのがおかしくて私とお兄様がクスクス笑っていると、マーサが紅茶を出してくれた。

お茶菓子はマドレーヌだ。わーい。

「新作の果物の風味を入れたマドレーヌだ」

「おお、しんさく！」

すっかりフェルザー家御用達《ごようたし》になったお菓子屋さんは、常に新しい商品を開発しているそうだ。

美味しいマドレーヌがたくさん食べられるのは嬉しいので、これからもぜひ頑張ってほしい。

「ところでユリアーナ。父上から聞いたのだが隣国へ行くことにしたのか？」

「はい。あってみようとおもいました」

「そうか。ユリアーナは偉いな」

そう言って優しく頭を撫でてくれるお兄様。でも私、ちょっと心配なことがあるのですよ。

「おとなりのくに、とおいですか？」

「ビアン国は西に広がる砂漠の国だ。馬車を使って二週間ほどかかるかどうか……私も父上も公務があるから付いていけないが、護衛はしっかりと付けるから安心してほしい」

「そう、ですか」

「ユリアーナ？」

ずーんと落ち込む私。

いや、覚悟はしていたよ？　それでも国の違うところへ旅するのって、かなりの覚悟と勇気がいるものじゃない？

森の時はお屋敷からそんなに遠くない場所だったたし、帰ろうと思えたらすぐに帰れた。だから我慢できたというのがある。

でもこの国を出たらお父様もお兄様も居ないなんて、そんな……そんなことって……。

「むりかも、しれません。ハンカチ……いや、あらっていないおようふく……」

「ユリアーナ？」

「だめなのです、おにいさま。ユリアーナは、ながいじかん、たえられないかもしれません……」

うわーん!!（心の中で号泣）

一週間でもわりと限界なのに、年単位でお父様と離れるのは辛い!!

あの素晴らしき大胸筋に包まれる至福の時間がないのが辛い!!

イケメンすぎるがゆえに発する匂いたつ色香をくんかくんかできないのが辛い!!

辛すぎるのですよー!!（さらに号泣）

「きゅ……（残念すぎるぞ主……）」

うわーん!!（果てしなく号泣）

◇とある騎士隊長は巻き込まれる

多くの煌びやかなドレスを身につけた淑女《しゅくじょ》たちが、各々頬を染めて熱い視線を送っているのは、今宵《こよい》の中心となる人物。

艶やかな銀色の髪をサラリと揺らし、憂いを帯びたアイスブルーの瞳はどこか遠くを見ている。

周りからは「氷の侯爵」や「フェルザー家の氷魔」などという呼び名で恐れられているにも拘わらず、その美しい容姿に惹かれる者は多くいるのだが……。

「珍しいな……」

つい声に出してしまった俺は、慌てて口を閉じる。

今夜の集まりは貴族の中でも上の階級に位置する者たちがほとんどで、下手なことは言わないほうが身のためだと分かっていた。しかし、それを分かっていても、かの御方に目を向けてしまう。

普段ほとんど社交の場に出ない、氷のごとく冷たく美しき男、ランベルト・フェルザー侯爵へと。

「ダニエル！」

自分の名を呼ぶ声の方向に目をやると、見知った顔が駆け寄り笑顔を向けてきた。

「今夜はダニエルの隊が警備担当か。心強いな」

「どこの隊も変わらないと思うがな……こういう会にマリクが参加するのは珍しいな」

「ああ、今夜は上司の付き添いなんだ」

マリクとは幼馴染だ。子供の頃は近所に住んでいた者同士で、いつも一緒に遊んでいた仲だった。

俺は武官でマリクは文官へと道は違《たが》えてしまったが、実は今でも交流がある理由は彼の上司にあったりする。

「そういえば、マリクの上司と昨日も鍛錬場《たんれんじょう》で会ったぞ」

「あー、最近はご息女のことで色々あったから、発散させたかったのかも」

「色々？」

「まぁ、色々」

言いづらそうにしているということは貴族の「ご事情」ってやつなのだろう。

有能なマリクのことだから、今夜珍しく貴族の集まりに顔を出したフェルザー侯爵の「ご事情」もきっちり把握していると思われる。

平民の俺が騎士隊の隊長になった時は少し騒がれた程度だったが、同じく平民のマリクが「あの」侯爵様の直属の部下になった時は王宮内でも話題になったものだ。

今夜のような上位貴族ばかりの会にマリクが参加できるのは、上司が侯爵だからというのもあるが、彼自身の持つ能力が高評価されていることも俺は知っている。

今夜の会場は王宮だが、それは王族の方々が関与しているということだ。その範囲は招待されている貴族から、俺たちのような警備をする騎士の選定も含まれている。

「ねぇ、聞きました？　あの御方のご息女の……」

「今夜いらっしゃったのは、やはり……」

行き交う貴族たちの話題は、やはりフェルザー家の『姫』に集中しているようだ。

誰が言い始めたのかは不明だが、俺のような平民あがりの耳に入ってきた、フェルザー家に関する『姫』の噂。

「病弱だと外に出さなかったのは……」

「縁談をすべて断っていたのは……」

「あの憂い顔を見まして？」

「きっと『姫』は大事にされていたのですわ」

「噂では伝説の天使もかくやという愛らしさとか……」

「では王家に迎え入れるのかしら？」

「いや、彼《か》の国の王族と我が国の王族を同等と見るべきではないだろう！」

彼の国とは、砂漠にあるビアン国のことだろう。

あそこは特殊で、商人として成り上がった一族が特定の名を受け、中でも多く財産を持つ一族から王が選ばれる仕組みを取っている。

我が国のように血ではなく、知恵と運と財力がものをいう国だ。そして噂の『姫』は、ビアン国の現王族の一桁《ひとけた》の王位を冠しているとのこと。

この国に来た時は低位だったとしても、現状は高位の位置にいるとなればフェルザー家とはいえ『姫』の処遇には国を巻き込むことになるだろう。

すると、憂い顔の氷の侯爵様に向けて明るく話しかける御仁が現れる。

「フェルザー侯爵殿！　珍しいところでお会いしますな！」

「バルツァー公爵閣下《かっか》、その節は……」

「いやいや、こちらこそアデリナの無理な申し出を受けていただき感謝しておるよ！」

「アデリナ嬢のご活躍は耳にしております」

「幸い婿《むこ》も見つかりそうだ！　これでバルツァー家も安泰《あんたい》というものだ！」

若い頃は騎士だった公爵様の声は大きい。自然と視線が集まるのを気にすることなく話し続ける豪胆《ごうたん》さは、そこらの貴族には真似できない……というか無理だろう。

すると、公爵様はふと真面目な顔になる。

「ご息女の話を聞いたぞ。ビアン国へ向かうことになったとか。アデリナも心配しておったし、何か必要なことがあれば申し出てくれ」

「……はい」

「侯爵殿は、よろしいのか？」

「いつか、このような日が来ると分かっておりました」

「む？」

「ユリアは私の……唯一、なのです」

先ほどまでの憂いを帯びた表情から打って変わって、春のような柔らかな微笑みを浮かべる侯爵様に、歴戦の強者である公爵様もさすがに息を呑んだ。

すっかり氷が溶けた侯爵様が発する甘く蕩けるような空気に、周囲で悶《もだ》えたり妙な声をあげる淑女たちが続出している。

これは危険だ。（色々な意味で）

この状況をどうしたものかと辺りを見回すと、慌てたマリクが周囲の視線を遮るように割って入った。よくやったマリク！　あとは任せておけ！

会場の警備責任者である俺は、近くにいる騎士に声をかける。

「フェルザー侯爵様は体調がすぐれないようだ。別室へご案内しろ」

「はっ！」

なんとか危険物を回収し会場内の混乱が収まったと思った俺だったが、夜はまだまだこれからだ。

一気に盛り上がる貴族たちの話題の中心はもちろん、フェルザー家におられる『姫』である。そして先程のやり取りで噂は真実だと認定されたため、これからフェルザー家とどう関わっていこうかと社交界では多くの貴族たちが動き始めるだろう。

「ま、俺には関係ないけどな」

ひとりごとを呟きながら警備に戻った俺は、いつも通りに部下に指示を与えていくのだった。

その数ヶ月後。

「ビアン国へ向かう要人護衛」の責任者として駆り出されてしまうことを、この時の俺はまだ知らない。

92　そろそろ問い詰めたい幼女

私、ユリアーナの出国の手続きや諸々のお仕事をするため、最近のお父様は王宮にいることが多い。

そして私は来たるべき日に備え、心の準備をしているところだ。

マーサたちは離れたところで見てもらっている。近くにいると色々言われるし、何かあったら庭師さんたちが守ってくれるから大丈夫だからね。

「きゅ、きゅ？（その心の準備とやらが、庭いじりか？）」

「くさとりは、むしんになれるの」

手が汚れるから庭師に任せるようマーサからも言われたけど、こればかりは譲れない。

無心にならないと、お父様を思い出して涙が出ちゃう。

「きゅきゅ？（思う存分泣けば良かろう？）」

「ないてゆるされるなんて、こどもみたいでいやなの」

「きゅ……（主は幼い子どもであろう……）」

中身はアラサーですからね！　最近忘れていたけどね！　アラサーは、保護者と離れて泣いたりとかしないもんね！

「お嬢様、お客様が来られておりますが」

「セバシュ？　きょうは、ベルとうさまといっしょじゃないの？」

「本日はお嬢様に付くよう命じられております」

「ふーん？　おきゃくさまって、だれ？」

忙しそうにしているお父様に、セバスさんが付いていないのは珍しい。ということは、お客様は
「警戒が必要な人」ってことかしら？

「バルツァー公爵家のご令嬢、アデリナ様でございます」

なんですと⁉

急きょ開催される温室でのお茶会。

お屋敷の中よりも、私がいじっている庭とか温室を見たいとアデリナ様が言ったからだ。

アデリナ様といえば、お父様の再婚相手として名前が挙がっていた方で、記憶が曖昧《あいまい》なあの時のお茶会の主賓《しゅひん》だった人でもある。

今になって一体何の用で来たのか。（ファイティングポーズ）

「ユリアーナ様、お久しぶりですね」

「いらっしゃいませ、アデリナさま」

だいぶ体幹が鍛えられたせいか、体を揺らさず綺麗にカーテシーもできた。前の時はぐらついていたけど今回は大丈夫なはず。

目の端に映ったセバスさんが笑顔で頷いている。どうやら合格をもらえたようだ。

暖かな温室の一角にある、ティータイム用の可愛らしいテーブルと椅子を見て喜ぶアデリナ様は、上機嫌で出された紅茶と焼き菓子を摘まんでいる。

焼き菓子のおすすめはマドレーヌですよ。フレッシュハーブティーとよく合うので、ぜひぜひお召しあがりくださいませー。

しばらくの間お茶を楽しんだアデリナ様は、綺麗な夜色の髪を揺らして微笑む。

「今、こちらにフェルザー侯爵様はいらっしゃらないと聞いて参りましたのよ。ユリアーナ様に会う条件とのことだったので」

条件って何？　それはまぁ置いておくとして。

「ええと、つまり、わたしに、ごようじですか？」

「そうですの。ユリアーナ様に、彼の国のことについてお話しておこうと思いましたのよ」

なるほど。

アデリナ様はビアン国で先代の王に嫁いだものの、王が代替わりしたことでご実家に戻られたご令嬢だ。彼女は独自の力で情報を集め、彼の国のみならず、我が国に多くの益をもたらしたすごい人でもある。

先代の王は多くの悪事を働いていたけれど、なかなか証拠が見つからなかった。そこでアデリナ様が情報を集めて今代の王になった人に提供し、王の代替わりを成し遂げた。

そのおかげで、国交がほぼ断絶していたビアン国と物資の輸出入が再開した。彼の国では食糧を得て、我が国では遠い国からの品々を得ることが出来るようになった。

一応平和になったとはいえ、まだビアン国は危ないかもしれないと密かに思っていたりする。

「どういうおはなしですか？」

「あちらでの風習などです。たとえば名前を名乗ってはならない、贈り物をもらっても物でお返ししてはならない……などありますのよ」

「えっ……」

ビアン国については本で読んだりしてたけど、そんな風習知らない。やばいよねこれ。

「もちろんユリアーナ様には護衛の方や、王家の後見《こうけん》もあるとは思います。ですが、知識として持っておいて損はないと思いますの」

「よろしくおねがいしまっしゅ!!」

思わず噛んでしまうくらい、勢いよく身を乗り出してアデリナ様にお願いをする私。

だっていきなり向こうで「やらかし」たら、恐ろしいことになりそうだもの。主にお父様とお兄様あたりが。

「きゅっ（よく分かっておるな、主よ）」

肩にいるモモンガさんが感心したようにモフモフ頷いているのを、アデリナ様がジッと見ている。

お茶会にモモンガさんもご一緒していいかと聞いたら、二つ返事で了承してくれたアデリナ様は動物がお好きらしい。趣味で乗馬をするって話も動物に触れたいから、らしい。

あ、もしかしてモフモフをさわりたいとか？

毛玉状態のモモンガさんをテーブルに乗せると、心得たとばかりにモモンガさんがアデリナ様の近くへと駆け寄り「きゅっ？」と首をかしげてみせた。

うむ、あざといぞモモンガさん。

「まぁ、なんて愛らしい……」

モモンガさんを撫でながら、幸せそうに微笑むアデリナ様。

色々あった方だから、個人的には幸せになってほしい人トップ5に入る女性でもある。他にはお兄様やオルフェウス君もいたりするんだけど。

「アデリナさま、もしよろしければ、いろいろとおしえてください」

「ええ、もちろんですわ。フェルザー侯爵様の許可はいただいておりますから、出発まで毎日通わせてくださいませ」

「え、ベルとうさまが？」

「よほど心配なのでしょうね。フェルザー侯爵様はユリアーナ様と離れても大丈夫なよう、万全を期すとお父様に話していたそうですわ」

そっか。バルツァー公爵経由で話がきたのね。

ちょっとホッとしていると、アデリナ様がクスクスと笑っている。

「ふふ、大丈夫ですわ。フェルザー侯爵様は『唯一』をお持ちだと世間では噂になっておりますもの。社交界でも憧れるご令嬢は多くいらっしゃいますけど、当たって砕けることが分かっている殿方に言い寄るほど心の強い方はいらっしゃらないと思いますわ」

え、お父様、その『唯一』って……。

振り返った私は、後ろで控えているセバスさんを見る。

「旦那様には、今のところ再婚の意思はないということかと」

「セバシュ?」

「旦那様には旦那様のお考えがあるのでしょう」

「……ぐぬぬ」

この場では言いづらいのは分かっているけれど、なんかモヤモヤするんだよね。

唯一って言ってるくせに、なんで離れようとするんだよーとか。

ずっと一緒だと言ったくせに、なんで以下同文とか。

まぁいい。今はアデリナ様の講義を受けることにしよう。

お父様は夕方に帰ってくるという話だから、その時に問い詰めることにする。

「お嬢様、お手やわらかに」

ふはは、聞こえんなぁー!!（ファイティングポーズ再び）

93　過ぎたる甘味はお呼びじゃない幼女

お父様は予定通り、夕方に帰ってきた。

いざ突撃だーっ！　と思ったら、マーサたちに行く手を阻まれてしまう。

「旦那様は、お客様と共に戻られております」

「おきゃくさま？」

「お着替えを」

えっと、服を替える必要があるってことは、そのお客様と食事を一緒するってことかしら？

むむ、お父様め、うまく逃げたな。

ちょっと綺麗め（貴族目線で）のワンピースドレスに着替えた私は、ぽてぽてと食堂へ向かう。

ふふん、成長した私は抱っこじゃなく、自分の足でお屋敷内を移動できるようになったのですよ。

「おとうさま、おかえりなさいませ」

「……うむ」

「お嬢サマ、久しぶりー……イテッ、ご無沙汰しております！」

セバスさん（たぶん）から何か攻撃をくらいつつ、お客様は私に挨拶してくれる。

切長《きれなが》の青い目に黒髪の青年、お客様は我らの主人公オルフェウス君だったよ！

わーい！　久しぶりだねー！

「オルさまは、どうしてベルとうさまと？」

「この者に護衛の依頼をした」

なるほど。自国の兵を動かしたり国境をこえたりするのは、さすがに障《さわ》りがあるよね。

そこをすり抜けることができるのは、冒険者や傭兵《ようへい》という職業の人たちだったりする。

「侯爵サマたっての頼みだからな。金払いもいいし……イテッ」

またしてもセバスさん（たぶん）から攻撃をくらってるオルフェウス君。彼が丁寧な口調だと変な感じだから、そこは気にしなくていいですよセバスさん。

目で合図すると一礼してたけど「渋々」って感じだった。そういえばオルフェウス君の教育係だったよね、セバスさん。（戦闘訓練も含む）

「今日は来てないけど、護衛にはティアも一緒の予定だぞ」

「やったぁ！　ありがとうベルとうさま！」

女友達と一緒なら安心だし嬉しい。でも滞在中は……。

「セバスもつける」

「セバシュも？」

こてりと首を傾げる私。なぜならセバスさんがお屋敷に居ないと、お父様のお仕事が大変なことになるからだ。

王宮ではマリクさん、お屋敷や領地の関係はセバスさんが担当している関係で、お兄様がお手伝いしたとしても仕事が回らなくなると思うのよ。

そしてセバスさんが同行すると聞いて、顔色が悪くなるオルフェウス君可哀想。

でも同行するしないに拘わらず、出発までガッツリ仕込まれると思うよ。お作法とか礼儀とか、とかとか。

ちなみにセバスさんは「戦闘職ではない付き人」として一緒に行動出来るみたい。本当は戦えるけれど、そこは法の網をすり抜けるってやつだ。

オルフェウス君みたいな冒険者や傭兵などは、どこの国にも属さないため国の行き来は自由にできる。でも特別なことがない限り王宮などには入れない。あくまでも護衛として行動するらしいけど、私がビアン国に滞在中は現地で遺跡巡りとかするんだって。いいなぁ、ちょっと楽しそう。

知り合いが近くにいるって心強いから、一緒に行動できなくても嬉しい。お父様グッジョブです。

一応お客様であるオルフェウス君に合わせたのか、お肉メインのボリューミーな食事が終わり、食後のティータイムとなる。そこで今日アデリナ様から習ったことを、私は頑張って思い出しながら報告する。

ビアン国は、砂漠の中にあるオアシスから始まった商業の国。

国と国とをつなぐ道の中間にあるため、物の流通や売買の場になっているのが特徴。

有力者達の莫大《ばくだい》な財産によって食料品のほとんどは輸入に頼っている。砂漠という気候もあるため食料自給率は低い。

どこの国よりも法を守ることを厳しく求めており、罪を犯せば身分例外なく処罰される。

そして、この国では「血筋」よりも「金」が尊《たっと》ばれる……などなど。

「ユリア……」

「あい、べルとうさま」

「ユリアと離れることは、とても辛い。しかし、これもすべてお前を守るためだ」

「あい、べルとうさま」

「誰が何と言おうと、ユリアはフェルザー家の娘だ。だから強くならねば」

「あい、べルとうさま」

お父様の横に控えているセバスさん、そして静かにお茶を飲んでいるオルフェウス君。二人の目は、どこか遠くを見ているようだ。

もちろん私も彼らとまったく同じ目をしている。(そっと目もとをハンカチで押さえているマーサとエマは置いておくとして)

「この国を出れば、甘えは許されぬ。心するのだぞ」

「あい、べルとうさま」

お父様の言ってる言葉は正しいけど、いかんせんお膝抱っこプラス頭なでなでされている現状を鑑《かんが》みると説得力皆無ではなかろうか。

ところで、なぜアデリナ様は私に色々と教えようとしてくださるのか。

じっとりとした目で見上げると、珍しく困ったような表情をするお父様。

「彼の国にユリアが行くことになると聞いた公爵殿が、気遣ってくれたのだが……嫌だったか?」

「いやではないです」

「彼女には何の感情も無い。私にとって愛しい存在はユリアだけだ」

「でも……なぜアデリナさま……」

「お前のためだと思ったのだ。それに、私が不在の時だけ来させるようにしてある。それならばいいだろう？」

「むぅ……」

ちょっぴり複雑な気持ちを抑えようとしたのに、どうもうまくいかない。自然と膨らんでしまう頬っぺたを、お父様は優しく撫でてくれた。

「ユリア」

耳元で甘く切なげに囁かれたら、幼女の身とはいえ何かがヤバい気がしますお父様！

分かりました！　分かりましたよー！

機嫌を直しますから、その色気を引っ込めてくださいお父様！　可及的速《かきゅうてきすみ》やかに！

「痴話喧嘩《ちわげんか》なのか知らんけど、桶いっぱいの蜂蜜を無理やり飲まされた気分になったぞ……」

「まだまだ修行が足りませんね。この程度、序の口でございますよ」

「うわぁ……」

マジかーって目で私を見ないでください！

これは愛！　私とお父様は愛で繋がっているのですよ！

「これ以上の時は、苦味の強い茶葉など常備することをおすすめいたします。」

「俺も今度から持ってこよ……」

え、そんなに⁉

94　人に歴史あり筋肉に愛あり

その日からオルフェウス君は屋敷に滞在することとなった。出発まで、昼夜問わずセバスさんだけじゃなく庭師さんズまで加わって訓練するそうな。

今の時間帯は、庭師さんたちが入れ替わり立ち替わり訓練の相手をしてくれるんだって。キツそう。冒険者だけじゃなく傭兵としても活躍しているオルフェウス君なのに、まだ足りないのかな？

「獅子は鼠《ねずみ》に対しても全力を出さねばやられることもあります。彼には不測の事態に備え『絶対に負けない』戦い方を学んでいただきます」

「なるほどー？」

絶対に負けないっていうのはすごいけど、セバスさんの物言いに「ただ強くなるだけじゃない」みたいなものを感じる。

荒くれ者たちに揉《も》まれているとはいえオルフェウス君はまだ若い。きっと経験みたいなものを積む必要があるのだろう。幼女の私が言うのもなんだけど。

「ところでお嬢様は、お支度などおひとりで出来ますか？」

「だいじょうぶ。おししょのところで、がんばったよ」

「さすがでございます。マーサたちのような身の回りを世話する女性は同行できませんので、お嬢様にご不便をおかけいたします」

「わたしのことは、きにしないで」

アデリナ様からハッキリとは教えてもらってないのだけど、彼の国には厳しい身分制度がある。

うちの国なんかは王様がアレってわけでもないけど、強い魔獣を倒したり、功績をあげれば貴族になったりするけど、ビアン国ではそれがないのだ。

親が平民なら子どもは絶対に平民で、それ以上でも以下でもない。一応奴隷《どれい》や人身売買などは禁止されているけれど、有力者に雇われている人たちは家によって扱いに差があるらしい。

だから、身分の低い女性は一人で外を歩けないくらい危険なのだ。

「ティア様は神官ですから、彼の国では崇拝されることはあれど害されることはございませんからね」

「おかねがいちばんなのに、かみさまはこわいの?」

「神官は神の代理人とされておりますから、ティア様に何かあれば天罰がくだりますよ」

「なるほどー?」

セバスさんの淹れてくれた紅茶を飲みながら、そういえばこの世界は神様がいっぱいいるという設定だったなぁと思い出す。

日本みたいに色々な国の神様を祀《まつ》ってたり、八百万《やおよろず》とかそういう流れにしたかったのだ。

神様も精霊も色々いるから、未だ発見されていない存在もあるのではないかと言われているんだけど……。よくよく考えたら、作家も神様みたいなものでは？　気のせいか？

「ところでお嬢様、毛玉様はどちらへ？」

「せいれいかいで、おしごとだって」

「……逃げられましたか」

ど、どゆこと？

「いつまでもペット気分でいられたら困るということです」

ぺ、ペットじゃダメなんですか？

「お嬢様を守る盾《たて》は、多ければ多いほど良いのですよ」

その気持ちは嬉しいけれど、盾だからといって傷ついたりしないでほしいなぁ。

ちょっとしょんぼりしていたら、セバスさんがクスクス笑っている。珍しい。

「お気持ちは分かりますが、お嬢様のお側にいようとするならば強くなければ。守る人間が傷つくことを、お嬢様は悲しまれるでしょう？」

「それは……うん、ないちゃうかも」

確かに、護衛の人たちは私を守るために存在しているのであって、最悪は私が無事なら良いだろうってところがある。モモンガさんが傷つくのは嫌だから、オルフェウス君と同じようにたくさん訓練して強くなってほしいものだ。うむうむ。

するといつの間に近くにいたのか、エマがそっとセバスさんに何事かを囁いた。どうしましたかー？


「お嬢様にお客様がいらっしゃったようです。こちらにご案内してもよろしいですか？」

「あい」

誰だろ？　あ、お着替えですか？　了解です！


「ティア！」

「ユリちゃん！」

膝をついて両手を広げるティアに向かって、ぽてぽてぽふーんと抱きつく幼女。

おおう、すごい……おっきい……やわらかい……。

「ひさしぶり、げんきだった？」

「元気でしたよー。資格も取ったからユリちゃんと旅を一緒にできますよー」

「しかく？」

首を傾げると、ティアはにこりと微笑むと抱っこしてくれる。

そのまま庭園の東家に移動すると、エマがお茶の用意をしてくれていた。いつもありがとう。お茶菓子もよろしくね。

「見習いから卒業できたのですよ」

「ふぉっ!?　おめでとうティア!!」

「ふふ、ありがとうございます。それと『巡礼神官』の資格を取りました」

「じゅんれいしんかん？」

悲しいかな、この国の歴史や魔法の勉強はしていたけれど、神殿や教会に関してはよく知らないのだ。教えてくれる人もいないし……。

というよりも、お師匠様がその辺に関して疎いんだよね……。本能のまま生きてるから、ティアみたいに高尚《こうしょう》な存在とは縁遠いんだろうな。

「神官であれば、ある程度安全が保障されます。ですが巡礼神官となると、国単位で害してはならない存在とされるのです」

「すごいね、しけん、たいへんだった？」

「幸いにも町には引退した元巡礼神官がいますから、試験内容や勉強方法には苦労しませんでしたよ」

「そうなんだ。わたしもあえるかなー」

「会ったことありますよ」

「え？」

誰だろ？

「クリス神官ですから」

えーっ!?

なんというか、もっとすらっとした人を想像していたけど……。

「昔はもっと細身で、女性と見紛《みまご》うほどの美人と評判の神官だったのですよ……」

遠い目をするティア。

まぁ、ほら、筋肉は裏切らないっていうし。クリス神官も色々と考えた末のマッチョ進化だったんだよ。たぶん。

「まさか、私が幼い時にママが欲しいと泣いたからって、胸を大きくしようと大胸筋を鍛えるなんて思わないじゃないですか!!」

あ、うん、なんだかごめんなさい。

95　高笑いで腹筋を鍛えたい幼女

そして、この日からアデリナ様の講義にティアも加わることとなった。

書庫の一角で姿勢良く座る私、そしてティアとオルフェウス君。

「あれ？　オルさま？」

「オルリーダーも講義に参加するんですか？」

「おう。セバス師匠から勉強しとけって言われたからな」

不本意といった様子のオルフェウス君に、アデリナ様は嫣然《えんぜん》とした笑みを浮かべる。

「良い心がけです。ビアン国の王族の血をひくユリアーナ様の護衛たるもの、彼の国の『中心』について知識を得ておくべきです」

「そ、そうデスカ！」

おっとりとした話し方の中にも圧を感じさせるアデリナ様に、オルフェウス君の背すじがピャッと伸びる。

そういえばバルツァー公爵家は男女関係なく武を尊ぶ家風だったっけ。きっとアデリナ様が男装したら、めちゃくちゃかっこいいんだろうなぁ……。

そんなこんなで、ビアン国にある後宮《ハレム》の決まり事や内情を教えてもらったり、女同士のドロドロな争いをさわりの部分だけ聞いて鳥肌をたてたりした私たち。

後宮のシステムを説明されてドン引きのオルフェウス君に、アデリナ様は「そういえば」と裏技？　を教えてくれる。

「冒険者は王宮に入れないとされていますけれど、ビアン国では女性冒険者は特例で出入り出来るのですよ」

「ということは、ティアも、はいれますか？」

「ええ、特にティア様は『巡礼神官』ですもの。ちゃんとした歓待をされると思いますよ」

「ちゃんとした……ですか？」

「見目の良い女性冒険者であれば、そのまま後宮の一員とされてしまうことがあります。ティア様が神官でなければ危なかったと思います」

「資格を取れなかったらビアン国へは行かせないと、父からキツく言われた理由が分かりました
……女性にとって危険な国でもあるのですね」

怖くなった私は、そっとティアの側に行くと優しく背中を撫でてくれた。

「身分が全てですからね。我が国には不敬罪《ふけいざい》などありませんけれど、あの国では毎日のように刑が執行されていましたよ」

「へぇ、後宮って怖いところだなぁ」

「他人事《ひとごと》のように仰ってますけれど、男性でも入れますよ？」

「は？」

「王の目に留まれば、性別関係なく入れられてしまいますからね。先代の王は男女問わずありとあらゆる人々を妻としておりました」

えーっ⁉　それって、それってアレじゃん！　薄利多売《はくりたばい》じゃなくて、手当たり次第の節操無《せっそうな》しというか……。

ところで私、仮にも幼女なんですけど。こんな「えちち」な話を聞いていて大丈夫なのかしら？

「アデリナ様、まだユリちゃんには早すぎるかと……」

「あらそうですね、ごめんなさい。今の王様は良識のある方だから、心配しなくても大丈夫ですよ」

全身で「ホッとした」を表現するオルフェウス君に、アデリナ様は笑顔で続ける。

「もし高貴な方を護衛するのであれば、女装するという手もありますし」

「は？」

本日二回目の「は？」をいただきましたー！

もう少年から抜けかけているオルフェウス君は、だいぶゴツゴツしてきているけど女装して大丈

夫なのでしょうか！（絵的に）

「王宮でユリアーナ様の護衛を増やす時の参考にしてくださいね」

「はーい！」

「……はい」

「………」

元気よく返事したのは私だけで、ティアは（お父さんの関係で？）微妙な表情だし、オルフェウス君は無言のままだ。

すみませんアデリナ様。二人には刺激の強すぎるお話だったようです。


講義が終わった後、疲れ切ったティアとオルフェウス君を労《いたわ》るためにティータイムをとることにした。アデリナ様も誘ったけど、用事があるとのことなので残念。

お父様に気を遣っているのかと思いきや、こっそり「実は……これからデートなのです」と教えてもらったので気持ちよくお見送りできたよ。お幸せそうで何よりです。

いつもの庭園にある東屋でマーサが色々と準備してくれる中、セバスさんがお客様の来訪を教えてくれる。

「商会の方が来られております」

「しょーかい？」

「はい。イザベラ様でございます」

「は？　イザベラが？」

グッタリとしていたオルフェウス君が瞬時に反応する。イザベラちゃんは彼の幼馴染で『元気系美少女』設定のヒロインだった。

私のお披露目《ひろめ》パーティーの時に会ったっきりだけど……。

「なんのようかな？」

「最近は学園に通っているせいか、だいぶ静かになったって親父から話を聞いてたのに……また何か企《たくら》んでんのか？」

静かにって言葉は、イザベラちゃんに似合わなそうだなぁなんて思っていた私は、ふと思い出す。そういえばパーティーの時、イザベラちゃんに「自分の足で立ちなさい！」なんて啖呵《たんか》を切った記憶ががが。

何が恥ずかしいって、その時の私、思いっきりお父様に抱っこされている状態だったのよね……。どの口がって言われてもしょうがないやつ……!!

来ているのはしょうがない。オルフェウス君の知り合いだし、セバスさんに案内してもらうことにする。

現れたイザベラちゃんは派手なドレスではなく学園の制服姿だった。紫色の髪の縦ロールはそのままだけど、前みたいに厚化粧じゃなくて彼女に似合う化粧だった。少しつり目の美少女って……イイよね！

学園の制服は、前の世界で見た「乙女ゲーム」のキャラが着ているような感じだ。スカートの裾にフリルが付いているのが可愛い。

静々《しずしず》と私たちの前に来たイザベラちゃんは、綺麗なカーテシーをすると目を伏せたまま挨拶をする。

「お久しぶりでございます。その節は大変ご迷惑をおかけし、深くお詫《わ》びを申し上げます」

「かおをあげて」

「……はい」

おずおずと私を見るイザベラちゃんに、何ともいえない気持ちになる。元気系美少女がおとなしいのに違和感しかないんですけど。

「なんかへんだから、ふつうでいいよ」

「お嬢サマ、いいのか？」

「いいの。げんきなのがいちばんだから」

心配そうなオルフェウス君に笑顔で頷いてみせると、「そうか」って笑顔で返してくれた。黙って見守ってくれているティアも笑顔になっている。

うん。皆、笑顔でいるのが一番だね！

「……ありがとうございます。では、失礼しまして」

楚々《そそ》とした様子だったイザベラちゃんは次の瞬間、縦ロールの髪を後ろにファッサーっと手で払い、腰に手を当てて胸をグイッと大きく反らした。

「ホーホホホッ！　さすが侯爵様が『唯一』と仰られたユリアーナ様ですわーっ！　寛大な御心をお持ちのご令嬢ですわーっ！」

「ふぉ、すごいねー」

その見事なポーズに思わず拍手してしまう私。

「ああ……復活しやがった……」

「まぁ、ユリちゃんが楽しそうだから大丈夫ですよ……たぶん」

頭を抱えるオルフェウス君を慰めるティア。

うん！　大丈夫だよ！　イザベラちゃんのキャラ、これはこれで面白いからね！

「ホーホホホッ！」

うん！　高笑いを聞きながら飲む紅茶は美味しいね！

96　目立ちたくない幼女

それで、イザベラちゃんは何をしに来たのかしらね？

「お前、まさか高笑いするために来たのか？」

「何をおっしゃってますの？　まったくオルは、おかしなことばかり……」

「おかしなことをしたのも言ってるのも、お前だろうが！」

「ホーホホホッ！　若気のいたりですわーっ！」

若気って……まぁいいけどね。

気持ち良さげに高笑いをしていたイザベラちゃんは、ふと真面目な顔になって手を二回叩く。

するとドアが開き、セバスさんの許可を得て入ってきたのはムキムキマッチョな男の人たち。彼らの活躍で重そうな箱がいくつも運び込まれてきた。

イザベラちゃんの合図で一斉に箱の蓋《ふた》が開かれると、そこには……。

「おようふく、たくさんある！」

「お洋服だけじゃなく、お飾りもたくさんありますね」

「うわ、こんなに持ってくるもんか？　貴族相手だっつっても、普通はここまでやらねぇぞ？」

驚く私とティアの横で、呆れ顔のオルフェウス君。

あ、やっぱり多すぎるよね？　私の感性は普通だったみたいでホッとする。

「ホーホホホッ！　我が商会のすべてを駆使《くし》して、ユリアーナ様の晴れ舞台を彩《いろど》らせていただきますわーっ！」

「はれのぶたいって？」

「ユリアーナ様の、ですわーっ！」

うん、そうじゃなくてね？

止まらないイザベラちゃんの高笑いを、いつの間にか近くにいたセバスさんが体で視界を遮ってくれる。さすがセバスさん、さすセバ。

「お客様のおっしゃる『晴れ舞台』については旦那様にご確認されたほうがよろしいかと」

「ん、ありがと、セバシュ」

部屋いっぱいに広がる色とりどりの服に、煌めく宝石たち。これを全部イザベラちゃんは持ってきて一体どうしろというのか。

え？　買わないよ？

「どれでも選んでくださいまし！　もちろん！　我が商会から贈呈《ぞうてい》させていただきますわーっ！　ホーホホホッ！」

「大盤振る舞いだなぁ」

「すごいですね……？」

実家が商会のオルフェウス君がそう言っているということは、イザベラちゃんの所はかなり無理しているんじゃないかな？

ちなみに、イザベラちゃんのところは服飾の取扱いが多いみたいだけど、オルフェウス君の実家は食料品が主だったりする。

「これらをすべて贈呈しても、我が商会が損をすることはございませんわ！　お気づかいなく、ですことよー！」

「あ、ありがとう……？」

とりあえずファッションセンスのかけらもない私は、イザベラちゃんからおすすめのコーディネートをいくつか出してもらって、必要ないものは後日返すことにする。

学園に戻るからと、お茶することもなく去って行ったイザベラちゃん。

「と、とても元気な方でしたね……」

「そういや初めて会うんだったか？」

「私はユリちゃんのお披露目パーティーに出席できなかったので」

そういえばあの時ティアは、スケルトン型魔獣の大量発生で教会の人たちと対応に追われていたんだっけ。

「あーっ!!」

「なんだ？」

「ユリちゃん？」

私とティアとオルフェウス君、さらにイザベラちゃんが同じ場所にいたってことは、私の書いたライトノベル『オルフェウス物語』のメインキャラ勢揃いだったんじゃ⁉

あーっ！　もったいない！　せっかくの機会だったのにーっ！

いや、何かしたかったのかと問われても、特に何もないんだけどね……。


契約した精霊のおかげで、お兄様が毎日帰ってくるのが嬉しい。

「ユリアーナ！」

「おにいさま！」

トテテテッと走った私は数歩のところで素早く抱き上げられてしまう。

確かに転びそうに見えたかもしれないけれど、もう少しだけ見守ってほしい乙女心を持つユリアーナです。（乙女心、とは）

「気に入ったドレスや飾りはあったか？」

「え？」

「ユリアーナに似合いそうなものをと、イザベラ嬢に頼んでおいた」

お兄様の手配だったの？

私の近くで控えているオルフェウス君とティアが不思議そうな顔をしている。

そりゃそうだよね。お披露目パーティーの時を思い出せば、イザベラちゃんを私に近づける理由が分からないもの。

「あの出来事で彼女は反省し、心を入れ替えたようだ。学園でも彼女を慕《した》う生徒は多く、特に女生徒からは『お姉様』などと呼ばれている」

「ずいぶんな変わりようだな……」

「確かに、イザベラ様は凛《りん》としてらっしゃいましたね」

お兄様の言葉にオルフェウス君は微妙な表情をしているけど、ティアは納得しているみたい。私も謝罪するイザベラちゃんを見なければ、彼女の「反省している」という言葉は信じられなかっただろう。

そうだ、お父様は？

「父上の了承済みだ。私も父上も最後まで反対していたのだが、国同士のことだからと押し切られてしまった。すまないユリアーナ」

「くにどうし、ですか？」

こてりと首を傾げていると、ティアが助け船を出してくれる。

「ヨハン様、ユリちゃ……ユリアーナ様にご説明していただけますか？　私たちも何のことか分からずにいるのですが……」

「そうか、急なことだったせいか……伝達が遅れてすまない。ビアン国へ向かう日、ユリアーナは大規模のパレードをすることになった」

「ふぁっ⁉」

「もちろん、君たち護衛も一緒だ」

「はぁっ⁉」

「ええっ⁉」

盛大に巻き込まれた形になるオルフェウス君とティアは変な悲鳴をあげている。申し訳ない気持ちになるけど、実際は私だけじゃないことにホッとしていた。

「イザベラ嬢には護衛の分も頼んでおいたから、各々選んでおくように」

「お、おにいさま、なぜパレードを……？」

私を抱っこしたまま食堂へ向かうお兄様。ということは、オルフェウス君とティアも一緒に夕食をとるということですね。

お父様不在のため、お兄様に膝抱っこされている私は、急きょ決まったというパレードについて説明をしてもらうことにしたのだけど……。

「つまり、お嬢サマが『姫』だという噂が広まりすぎて、大騒ぎになっているってことか」

「フェルザー侯爵様も有名ですものね」

オルフェウス君が「まぁ目立つのは俺じゃねぇし」とか言うし、ティアも「神官用のヴェールで顔を隠せば…」なんて呟いていて、ちょ待てよ☆となる私。

「なんで、わたしだけ！」

「父上の『唯一の姫』という噂もあってな。貴族だけじゃなく平民たちのあいだでも一目見たいと噂が広まり王宮に問い合わせが殺到していてな」

「ゆ、ゆいいつぅ……」

それを言われてしまうと弱い。つい顔がニヤけてしまう。

いや、ニヤニヤしてる場合じゃないんだけど。

「そういや、うちの商会で『氷の騎士と姫』を題材にした本はないかって問い合わせがあったとか聞いたぞ」

「え？　その話の『姫』って、ユリちゃんのことなのですか？」

「……そのように噂が広まっている。作り話がほとんどだが、それを真実とされるのも困るような内容もある」

なんというか、娯楽《ごらく》が少ないからか、どうでもいい噂ほどあっという間に広がっちゃうみたいな……。困るような内容ってどういうのだろう？

そんな私の思考を読んだのか、お兄様は咳払いをするとパレードの話に切り替える。

「当日は見送りに父上と私の他、ペンドラゴン殿とご家族が屋敷に来られる予定だ。ユリアーナはパレード用の馬車に乗り、町の外で長距離用の大型馬車に乗り換えてもらう」

「おにいさま、きょう、ベルとうさまは？」

「現在は王宮で、騎士隊長と警備について調整をしている。なるべく会う時間を作るとおっしゃられていた」

「……はい、わかりました」

お父様並みに眉間のシワを深くしているお兄様の顔を見れば、今回のパレードには反対だったんだろう。

「噂がおかしな方向に広まらないうちに、しっかりとユリアーナの存在を示しておきたい。二人も護衛として協力を頼む」

「任せておけ、ください」

「分かりました」

相変わらず口調が直らないオルフェウス君に対し、セバスさんが鋭い視線を向けて矯正《きょうせい》している。

ティアは微笑みながら了承しているけれど、神官のヴェールが羨ましいからちょっとずるいって思う。

はぁ、国外に出るだけなのに、どんどん大事《おおごと》になっていく気がする……。

97　幼女、お姫様になる

結局、出発する前日までお父様とは会えていない。

正確には私が寝た後、顔を見に来てくれていたとセバスさんが教えてくれたけど、いかんせん幼女の眠りは深いもので……。

寂しかったけれど、アデリナ様の講義やイザベラちゃんと衣装の話をするので忙しくしてたから、無心で草むしりする状況は回避できている。

でも温室でハーブの手入れをしたり、お茶する時間はしっかりと取っているよ。癒しの時間は大事だからね。

今夜は久しぶりに家族揃って夕食をとる予定だ。

「オル様とティアは？」

「俺たちは部屋でとる。家族でちゃんと話をしておけよ」

「私も、教会で挨拶をしてきます」

「そっかぁ……」

浮かない表情をしている私に、オルフェウス君は苦笑して頭をワシワシ撫でてくれる。

「俺らとは、明日からも一緒だろ？」

「私もユリちゃんを守れるよう特訓しましたから、安心してくださいね！」

え？　ティアも戦うの？

そういえばティアのお父さんが元巡礼神官とか言ってたっけ……。もしかしたら普通の神官とは違うのかもしれない。

「そういや、毛玉はどうしたんだ？」

「もうすぐもどる……と、おもうんだけど」

モモンガさんのモフモフ癒しがなくても大丈夫なくらい忙しかったから、出発した後でも追いかけてくるだろうとあまり気にしてなかったんだけど、オルフェウス君は気になるみたい。

精霊界に用があるって言ってたから、用事がすめば帰ってくる……よね？

「大丈夫ですよ。きっと、ユリちゃんのために頑張っていると思います」

「そうかな」

ティアは修行したおかげで、神の奇跡も起こせるようになったんだって。

そういうのを聞くと、ティアが言う「大丈夫」が心強く思えてくる不思議。

夕食の時間になり、食堂に入った私は知らず識らずのうちに駆け出してしまう。

マーサとエマの制止もなんのその。そのいい匂いのする方向へ本能の赴くままに抱きつく。そして、その厚い胸板に力の限りしがみつくのだ。

「ユリア……！」

「ふぇ、べるとうさまぁ……」

大丈夫だと思っていたけれど、思った以上に辛かったみたい。

長いこと離れることになるのだから、練習のつもりでいたけれど……私《ユリアーナ》にとってお父様成分を補充できないことは死活問題なのかもしれない。どうしよう。

「すまない。ずっとそばにいると誓っておきながら……」

「いいの。ベルとうさまは、おしごとがんばってたの」

「ああ、なんと優しい子なのだ。ユリア、私の唯一、私の天使……」

セバスさんの咳払いが聞こえて、いつもあまり表情を変えないお兄様が珍しくクスクス笑っている。

「まったく、父上もユリアーナも落ち着いて、まずは食事をとりましょう」

「……うむ」

ぐずぐずになっている私を素早くマーサとエマが整えてくれる。

そうだ。最後……じゃない、しばらくお屋敷での食事はできなくなるから、しっかりと料理を堪能しないとね。

私に食べさせる用にたくさん置いてあるスプーンには、色とりどりの料理がひとくちずつ置かれている。料理長の心づくしの料理も、しばらく食べられないのかぁ。

「ユリアーナ、何かあったらいつでも連絡するように。魔法陣付きの紙を用意させている」

「はい、おにいさま」

「セバスも、向こうではフェルザー家がほとんど使えない。頼むぞ」

「はい、坊っちゃま」

「坊っちゃまはやめろ」

そんなやり取りをする中で、お父様からの諸注意がないのが気になる。

膝の上に座ったまま見上げると、美しく整った顔を僅《わず》かにほころばせるお父様。ああっ！　素敵すぎますっ！

「私からは、ただ、ユリアが無事でいてくれればいい。それだけだ」

「ベルとうさまぁ……」

またしてもぐずぐずになってしまう私。こんなんで明日、笑顔で出発出来るのだろうか……不安だ……。


翌日。

パレード日和と言わんばかりの晴天の中、窓を開けて深呼吸をしている私は予想どおり飛び込んできた茶色の毛玉を、ふんわりとキャッチする。

「おかえり、モモンガさん」

「きゅ！（ただいま戻ったぞ！）」

森の香りを身にまとわせたモモンガさんをモフモフ撫でると、マーサとエマが準備のために部屋に入ってきた。

他にも数人いるから、いつもと気合の入れ方が違うのが分かる。

「お風呂と、お髪とお肌をしっかりと整えさせていただきます！」

「お嬢様の愛らしさを、多くの人々の目にしっかりと焼き付けさせます！」

マーサはともかく、エマの気合の入れようが危険すぎる件。

普通でいいのですよ。普通で。

イザベラちゃんが持ってきてくれた品物の中から色やデザインを選んで、この日のためにオーダーメイドで仕上げてもらったパレード用のドレス。私のイメージする「お姫様」を表現した、ちょっと恥ずかしいけど「一度は着てみたかったドレス」なのだ。

いつもは薄紫を選んでしまうのだけど、今日の私はちょっと違う。

「アイスブルーのドレスに白のレースが映えておりますね！　とてもよくお似合いです！」

「ああ！　お嬢様、とても素敵です……！」

マーサとエマが感動している様子に、当然でしょうとご満悦の私。アイスブルーのドレスに、お飾りは銀とエメラルドで統一させてあるのがポイントなのよ。

他国の姫だったユリアーナはフェルザー家に守られていたということを、お父様とお兄様の色で表現したかったから。

エントランスには、お師匠様と赤ちゃんを抱いた鳥の奥さんがいる。

「おししょー！」

「おお、ずいぶんめかしこんだな」

「綺麗よ、ユリアーナちゃん」

フリルも多いから速く歩けずにいると、ふわっと魔法でエスコートしてくれるお師匠様。さすがです！　楽ちんです！

「何かあったらいつでも呼べよ」

「はい。おししょ」

お父様だけじゃなくお師匠様も過保護だなぁ。でも心配されるのは、ちょっと恥ずかしいけど嬉しい。

表に出たら、大歓声と共に青を基調とした騎士服を着た麗しのお兄様、王子様のような白い騎士服の鳥の息子さんがいる。

「綺麗だ、ユリアーナ」

「姫、エスコートさせていただきます」

「おにいさま、とりの……」

お礼を言おうとした私に、鳥の息子さんは笑顔を向ける。

「今日のこの日だけは、姫の騎士としてエスコートさせてください」

「……とりの、きしさま？」

「はい！」

上機嫌で右に立つ鳥の息子さんに、左に立ったお兄様は少し不機嫌そうに私を見ている。

「私だって、ユリアーナの騎士だ」

「はい！　きしのおにいさま！」

98　早めに呼んでおく幼女

お兄様と鳥の息子さんに両手を繋いでエスコートしてもらうと、門の前には式典用の馬車が見える。

そこには、フェルザー侯爵家の正装を身につけたお父様が立っていた。

陽の光に輝く金色のお飾り、風に揺れるマント。そして氷のように冷たく美しい安定の無表情は、すべてを拒絶するかのようにも見えるけれど……。

私を見たお父様は、氷も溶けてしまうほどの甘やかな微笑みを浮かべてくれるのだ。

見物に来ていた女性たちから黄色い悲鳴が。

「わぁ、すごい歓声ですね」

「さすが父上」

二人の騎士からお父様へ預けられた私は、ふわりと抱きかかえられて馬車に乗る。

このお膝抱っこも、しばらくは無いのかぁ……。

「ユリア」

「大丈夫だ。私が側にいる」

お父様の（いつもの甘々な）言葉に、強張《こわば》っていた体から力が抜ける。

さすがにここまでたくさんの人たちから注目されるなんて、前の世界でもなかったからね。

馬車は町を一周して、王宮の前を通ってから西の門へと向かうことになっている。

なぜか、やたらお父様と私に熱い視線と声援が投げかけられる不思議。とりあえず手を振ってみれば、さらに盛り上がる。なんで？

「噂が広まっている、という話は聞いたか？」

「はい、すこしだけ」

「……そうか」

それきりお父様は黙ったままで、私が「他国の姫」だという噂以外にどういう情報が出回っているのか聞くことはできなかった。

でもまぁ、国から出たら自然と収まるだろう。人の噂も七十五日って言うし。

このパレードに意味があったのかは分からないけど、たくさんの人から声援や笑顔をもらえたからちょっとしたアイドル気分が味わえた。えへへ。


西の門は、砂漠へと向かうのに使われることが多い。

フェルザーのお屋敷近くほどじゃないけれど、門を出れば小さな森があって、そこは薬草や弱い魔獣がいる「初心者用」の区域になっている。

お父様が用意してくれた長距離用の馬車は、西の森程度の魔獣ならそのまま突っ切っていけるくらいの装甲だ。正直、すごくお金をかけていると思う。（オルフェウス君がドン引きしていた）

パレードは西の門までで、この辺りは今の時間だけ通行止めにしてあるみたい。門番の皆さん、ご苦労様です。

「おとうさま、いってきます」

「ユリア、何かあれば必ず呼ぶように」

「……はいぃ」

ブワッと目に湧いてくる水をごくんと飲んで、なんとか我慢しようとしたけど無理だった。ふぇぇ。

綺麗に飾られた馬車を降りてお父様と別れを惜しんでいると、乗り換える馬車の中からオルフェウス君とティアが現れた。

「そろそろ出るぞー、お嬢サマ」

「パレードお疲れ様でした。ドレス、とても似合ってますよユリちゃん」

「オルさま、ティア」

お父様抱っこから挨拶をしていると、モモンガさんを肩に乗せたセバスさんがいつの間にか横にいる。ふぉ、びっくりしたぁ。

「旦那様、そろそろ」

「ああ、頼むぞセバス」

お父様が私を馬車に乗せてくれると、オルフェウス君たちも乗り込んでくる。

馬車の中はゆったりとしたスペースがあって、寝泊まりもできるようになっているのだ。お父様とお師匠様が魔法陣を刻みまくったと思われる。

馬車のドアが閉められると、窓にへばりついてお父様を見る。手を伸ばしかけたところで出発の合図がされてしまう。

ああ、最後に……いや最後じゃないよ。私はまた、帰ってくるのだから。

「お嬢サマ？」

「ユリちゃん、ちゃんと座らないと危ないですよ」

「……ん、わかってる」

椅子に座ったところで、ふと気づく。

「なんか、馬車、広すぎない？」

セバスさんがお茶とお菓子を出してくれる。さっきまで見えていた馬車のスペースはソファーとテーブルが置いてあり、なぜか部屋の奥にドアがいくつかある。

え？　いつの間にか知らない部屋にいる？　乗っていた馬車はどこにいったの？

「なぁ、これ驚くよな。ドアを閉めることで魔法陣が出来て、ちょっとした家くらいの広さになるんだぜ」

「外からは見えないように、カーテンにも魔法陣を入れてあるみたいですね」

「おおばんぶるまい！」

もしかしたら、出発の日までお父様と会えなかったのって、馬車《これ》に時間かけてたからじゃ……。

「きゅっ（落ち着いたか、主）」

「あ、ごめんねモモンガさん。もうだいじょうぶ」

馬車に乗ってからも、ずっと静かにしていたモモンガさんは、空気を読んでくれていたみたい。

セバスさんが淹れてくれた美味しいお茶を飲んでいると、オル様が驚いた顔で私を見ている。ティアもセバスさんも同じ感じで見てくる。どしたの？

「きゅきゅ……（主……）」

すりすりと頬にあたるモフモフを撫でると、モモンガさんの毛並みがしっとり濡れている。

ティアからハンカチを手渡されて、初めて、自分が泣いていることに気づく。

「……あれ？　おかしいな」

もう会えないわけじゃないのに。

帰ってきたら、また会えるのに。

さっきまで感じていた、あの温もりと匂いが消えていくことに、私の心が耐えられなかったみたい。

「ふ……ふぇ……」

「ユリちゃん……」

そっと抱きしめてくれるティアのたゆんたゆんを堪能しながら、ただ静かに泣く。

辛いのは、きっと今だけ。

だから今だけ、呼ばせてください。

「ふぇぇ……ベルとうしゃまぁ……」

今だけだから。

「呼んだか、ユリア」

え？

99　そして幼女たちの旅は始まる？

煌めく銀色の髪、冷たく見えるアイスブルーの瞳は柔らかく細められて、美しく整った顔にはわずかに微笑みを浮かべている。そしてその美しさの権化が、さも当然といった感じでお膝抱っこをしてくる状況。

あまりの展開に呆然としていると、私に向けて彼はこてりと首を傾げてみせた。

「どうした、ユリア？」

「……」

これは幻覚じゃなくて本物なのだろうか。くんかくんかすれば匂いは同じだけど、胸板をペタペタ触ってもあの厚みはない。抜群の安定感であるはずの膝も少し物足りない状態だ。

まさかですよ!?　まさかの再登場とか聞いてないんですけど!?

突然現れた彼は、年齢的にオルフェウス君と同じくらいで、姿形はお父様そっくりの……。

「アロイス!?」

「アロイスさん!?」

突然現れたアロイス君に驚いたのか、一瞬警戒態勢をとっていたオルフェウス君とティア。その中でもセバスさんだけは通常モードでお茶をひとり分追加用意している。その様子を見たオルフェウス君が慌てて詰め寄る。

「お、おい、セバス師匠は知ってたのか!?」

「いいえ、存じておりません」

「じゃあ何で驚いてないいんだ!?」

「旦那様のことですから、こうなるような気がしておりました」

さすが長年お父様の下で仕えているだけはある。すごいねセバスさん。さすセバ。

一方、心の中では色々と驚いたり考えたりしているけれど、体は固まったままの私がおりますよ。脳内で情報処理が追いつかないです。誰か助けて。

「きゅきゅっ！（落ち着け主！）」

「そうだ、落ち着けユリア。お前が私を呼んだのだろう？」

え？　私が呼んだ？

確かに、お父様は「何かあったら呼べ」みたいなことを言っていた。

それは西の門を出たところでの話。そう、つい先程のことである。

「私は国を離れられないが、アロイスは冒険者だから出入りは自由だ」

なるほど。冒険者であれば国を出るのも入るのも自由だよね。

うん。

そういうことじゃないよね。

「旦那様……いえ、アロイス様。執務などはどうなさるおつもりですか？」

「マリクとヨハン、それに今回は父だけじゃなく母も呼んである」

「アロイス様、それは大奥様が激怒されるのでは……」

「うむ、その辺りの対策はとっている」

「さようでございますか」

あっさりと引き下がるセバスさん。いやいやもうちょっと頑張って！

「お嬢様、人間『引き際』というものが肝心なのですよ」

それって『諦め』じゃないの？　ダメだよ諦めたら試合が終わっちゃうよセバスさん！

セバスさんとのやり取りを見ていて冷静になったのか、オルフェウス君が長い長いため息を吐いた後に口を開く。

「とりあえず、お嬢サマの護衛は俺がリーダーだから、侯……アロイスは追加要員として次の町のギルドで依頼を受けたことにしておく。それでティアは問題ないか？」

「は、はい……私は問題ないのですが……」

うん、問題はお父様もとい、アロイス君のお膝の上で固まっている私のことですね。

「ユリア？」

「……」

「ユリア……嫌だったのか？」

「……だって、もう、ずっとあえなくなるとおもっていたのに」

「ユリア、すまない。私はもう一時も離れたくはないのだ……」

ちょっと薄い胸板だけど、やっぱり安心するお父様の匂いに涙がポロポロ出てしまう。

ああ、やっとだ。

やっと今、アラサーの心と幼女の体がひとつに混じり合った。

「ベルとうさま……いっしょ、うれしいです」

「ユリア、今の私はアロイスだ」

「アロイスしゃま」

「呼び捨てでいい」

「アロイシュ」

「ぐっ……う、うむ。それでいい」

幼女の舌だと言いにくいんですよ。アロイスって名前は。

なぜかオルフェウス君とティアが「ヨシ！」みたいな表情をしている。セバスさんも満足そうに頷いているの何でだ？

「この旅で何かあったら、お嬢サマ経由でアロイスに言い聞かせようぜ」

「私もそれがいいと思います」

「それがよろしいかと」

三人の決意に、なぜかお父様も頷いているの何でだ？　まぁいいけど。

道中は何事もなく進んだ。次の町に着いたところで、御者をしてくれた冒険者さんとは別れることになった。

「この馬車は御者が居なくとも走行可能ですが、さすがに人目の多いこの付近までは御者が居たほうが目立たないと思われますから」

「どんだけ馬車に金かけてんだよ……」

「すごいですね……」

いたるところに魔法陣が刻まれているのが分かるけど、ひとつひとつをじっくり見ないと意図が分からない。だってすごく細かいから読むの大変なんだもの。（引き際を学んだ幼女）

それよりも、この旅に（アロイス君の姿だけど）お父様と一緒ということにテンションが上がりまくっている。

ご機嫌の私は、そのままアゲアゲ状態でいけるかと思いきや、強烈な眠気に襲われてしまう。

「寝てていい。今夜は町の宿よりも、馬車で寝泊まりしたほうがいいだろう」

「では、町の近くに停めておきましょうか」

「うむ」

お父様とセバスさんが話しているのを夢うつつで聞きながら、パレードやら何やらで疲れ切った私は意識を沈めていって……。

寒い。

起き上がると、ベッドでミノムシのようにお布団にくるまっている私。寒さのせいで、無意識にす巻き状態になっていたみたいだ。

砂漠は夜は冷えるというし、眠っている間に砂漠地帯に入ったのかしら？　それにしては外が明るいようだけど。

寒い。

近くにある窓から外をみれば、一面の雪景色が広がっている。その向こうには雪山がドドンと並んでいるよ。おお、すごい絶景。

いや、ちょっと待って。

「なんで、わたしたち、ゆきやまにいるの？」

書き下ろし短編

とある侯爵家ご令《れい》息《そく》の優雅な学園生活 2

THE ELEGANT SCHOOL LIFE OF A CERTAIN MARQUIS' SON Ⅱ

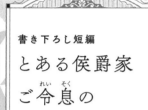

私の名は、ヨハン・フェルザー。

フェルザー侯爵家の嫡男であり、現在は王立学園に通う学生でもある。

学園には『総会』という生徒が運営する部署があり、私は会の総轄《そうかつ》を任されている。

本来は生徒に王家の人間がいる場合、彼らが総轄を担うことが多いのだが、学園の生徒であるこの国の王太子は「面倒だから」という理由で総轄という重責を私に押し付けた。

「おはようございます。総轄」

「おはよう。いつも早いな」

「その言葉、そのまま総轄にお返ししますよ」

確かに自分は誰よりも早く学園に来ている。それはちょっとした裏技を使っているからで、鳥の彼のように自分の力で来ているわけではない。

彼にも裏技を教えたい気もするが……獣人である彼には少々刺激の強い内容だから、時期を見て話そうとは思っている。

朝の総会室は昼間よりも静かで、とても集中できる環境となっている。ついでに家の仕事をするために利用しているのだが、周りは私のことを学園のため真面目に総会の仕事をする素晴らしい人間だと思っているようだ。

私は自分のことをいい人間とは思っていないが、妹であり天使のユリアーナが誇れるような兄であるためには評価が高いほうがいいと思っている。

次期フェルザー家の当主としては少々……いや、だいぶ珍しい状況になっている気もするが、今のところ父上から特に何も言われてはいない。

学園では大きな問題さえ起こさなければ許されるような気がする。

「ところで、あの件はどうなっている？」

「最近はおとなしいですよ」

「そうか」

あの件……とは、ここにいる鳥の彼や、おそれ多くもこの国の王太子にまで「屈託《くったく》なく」声をかけてくる「平民の女生徒」のことだ。

この学園では貴族と平民が混ざって学ぶ場であり、建前として平等を掲げている。しかし、だからといって身分の高い人間に敬意を払わなくていいということにはならない。

鳥の彼は、前髪だけ虹色になっている白い髪を揺らしながら、

「僕に話しかけてくることもなくなりましたから。あ、そういえば妙なことを言ってました」

「妙なこと？」

問いかける私が書類にサインを入れる手を止めると、鳥の彼は少し逡巡《しゅんじゅん》してから口を開く。

「……彼女は『氷の貴公子がヤミオチしていないのはおかしい』などと言ってました」

「ヤミオチ？　そして氷の貴公子とは私のことか？」

確かに自分は父上と同じく氷の属性魔法を得意としているが、そのように呼ばれたことはない。

なぜ、鳥の彼は彼女の言葉を私のことだと思ったのだろう。

「知らなかったのですか？　生徒たちから総轄は氷の貴公子と呼ばれていますよ」

「そうか……それでヤミオチとは？」

「言葉のままの意味でしたら、闇に落ちるということだと思いますけど」

「ふむ……」

さっぱり分からん。

「あとは『悪役令嬢が違う！』とも」

「令嬢が悪役なのか？」

「はい。そもそも何をもってして悪役とするのかが分かりませんが……」

「ふむ……」

さっぱり分からん。


鳥の彼からの報告から数日後、油断していた私は「平民の女生徒」につかまってしまう。ユリアーナがビアン国へと出発し、少々気が抜けていたのかもしれない。

その日は学園にある喫茶のテラス席でティータイムをとっていた。

普段は総会室でとるのだが、王太子からユリアーナについて話があると言われて待ち合わせをしていたのだ。

私のことを遠巻きに見ている他の生徒を気にすることなく、ゆったりとした時間を過ごしていたのだが、不意に良からぬ気配を察知する。

「氷の……ヨハン様！」

「……」

「ヨハン様！　あの、ずっとお話ししたいと思ってました！」

「……」

ひたすら無視をする。

私は高位の貴族であり、名を呼ぶことを許す人間は数少ない。ましてや平民である女生徒から名を呼ばれるなど、聞こえなかったフリをするだけ有り難《がた》いと思ってもらわないと困る。

「ヨハン様！」

「……はぁ、テラスは騒がしいな。殿下には申し訳ないが、総会室までお越しいただくとするか」

「ヨハンさウギュッ」

無作法にも私に近づこうとしたのか、女生徒は生徒たちに扮した『影』たちに取り抑えられてしまった。もちろん、一般の生徒たちには分からないようにだが。

「な、なんで、私を好きにならないのよぉ」

何やらブツブツと不穏なことを呟いているが、相手にしたら危険だというのは何となく分かる。

しかし、続けて発した彼女の言葉が、この場を去ろうとする私の足を止めさせた。

「今、何と言った？」

「死んじゃった妹に囚われているヨハン様は、かわいそフギュッ」

思わず魔力が漏れてしまったが別に構わないだろう。

なぜならこの女は「妹が死んだ」などと言ったのだから、このまま潰しても……。

「ヨハン」

涼やかな声に、ふと我に返る。

目の前にいたのは、オレンジがかった金色の髪を靡《なび》かせたこの国の王太子だ。

「殿下」

漏れていた魔力を散らし一礼すると、女生徒を押さえていた『影』たちに解放するよう指示をする。

「珍しいね、君がここまで感情をあらわにするなんて。妹君のことかい？」

「……ええ、まぁ」

「ヨハン様の妹は魔力暴走で死んフギャッ」

「あはは、君はちょっと黙っててくれるかな」

今度は私でも『影』でもなく、王太子の魔力だ。

それもそうだ。ユリアーナの魔力暴走については、王家とフェルザー家が徹底的に秘匿《ひとく》した情報なのだから。

「殿下、彼女を『どうにかする』理由ができましたね」

「本当だね。ヨハンの妹君には感謝するよ。いつでも嫁ぎにおいでと伝えて……寒い！　寒いぞヨハン！」

「殿下は冗談がお上手ですね」

こうして多くの厄介事を生み、多くの生徒たちから苦情が来ていた「平民の女生徒」の案件は解決の方向へと向かう。

しかしこの件以降も、彼女は学園にたびたび嵐を巻き起こすこととなるのだが……それはまた別の話で語ろうと思う。

あとがき

またお会いできましたね！　もちだもちこです！

この度も『氷の侯爵様に甘やかされたいっ！』２巻をご購入いただき、ありがとうございます！

２巻途中からウェブ版と違う方向へ進みます。書籍版はさらに魅力的なキャラクターがたくさん出てくる予定ですので、次巻も楽しんでいただけるよう頑張りたいと思います。


さてさて近況報告ですが、一億二千年ぶりくらいに弟と会えた話をしましょうか。

弟は早くから独り暮らしをしていて、なかなか実家に顔を出さない子でした。なので、もちださんが小説を書いていることを知らずにいたのです。

久しぶりに会って、姉が本を出していることを知った弟から開口一番「姉ちゃん何やってんの⁉（笑）」と言われました。さらにオッサンやら幼女やらが主人公だと付け加えたら「本当に何やってんの‼（笑）」と叫ばれました。

そう言いながらも『氷の侯爵様〜』の一巻を三冊も買ってくれたり、自分の職場の人達に宣伝してくれたり、姉思いの優しい弟だったりします。ええ子や。二巻もよろしくな。

この本を出すにあたって色々とバタバタしましたが、何とか落ち着きつつある今日この頃です。これからも気を引き締めて（健康第一に）頑張っていきたいと思っております。
他に近況としては、買い物の途中に通りすがりのサラリーマン同士がイチャイチャしていたり、男子学生同士がキャッキャウフフしていた件などがあります。しかしそれをここで語るのはどうかと思うので、そっと心にしまっておこうと思います。（自重できるもちこ）

最後に。
いつも素晴らしいイラストを描いてくださる双葉はづき様。
常に作家を褒める有能編集A様、ＴＯブックス編集部様ならびに関係者の方々。
もちもち愚痴を聞いてくれる仲良し作家様たち。
支えてくれる父と母と弟。
そして何よりも、この本を読んでくださった読者様に。
たくさんの感謝を込めて、たくさんのありがとうを伝えたいです。

次巻も、よろしくお願いいいたしマッスル!!

令和三年十月吉日　もちだもちこ

お父様、投獄される!?

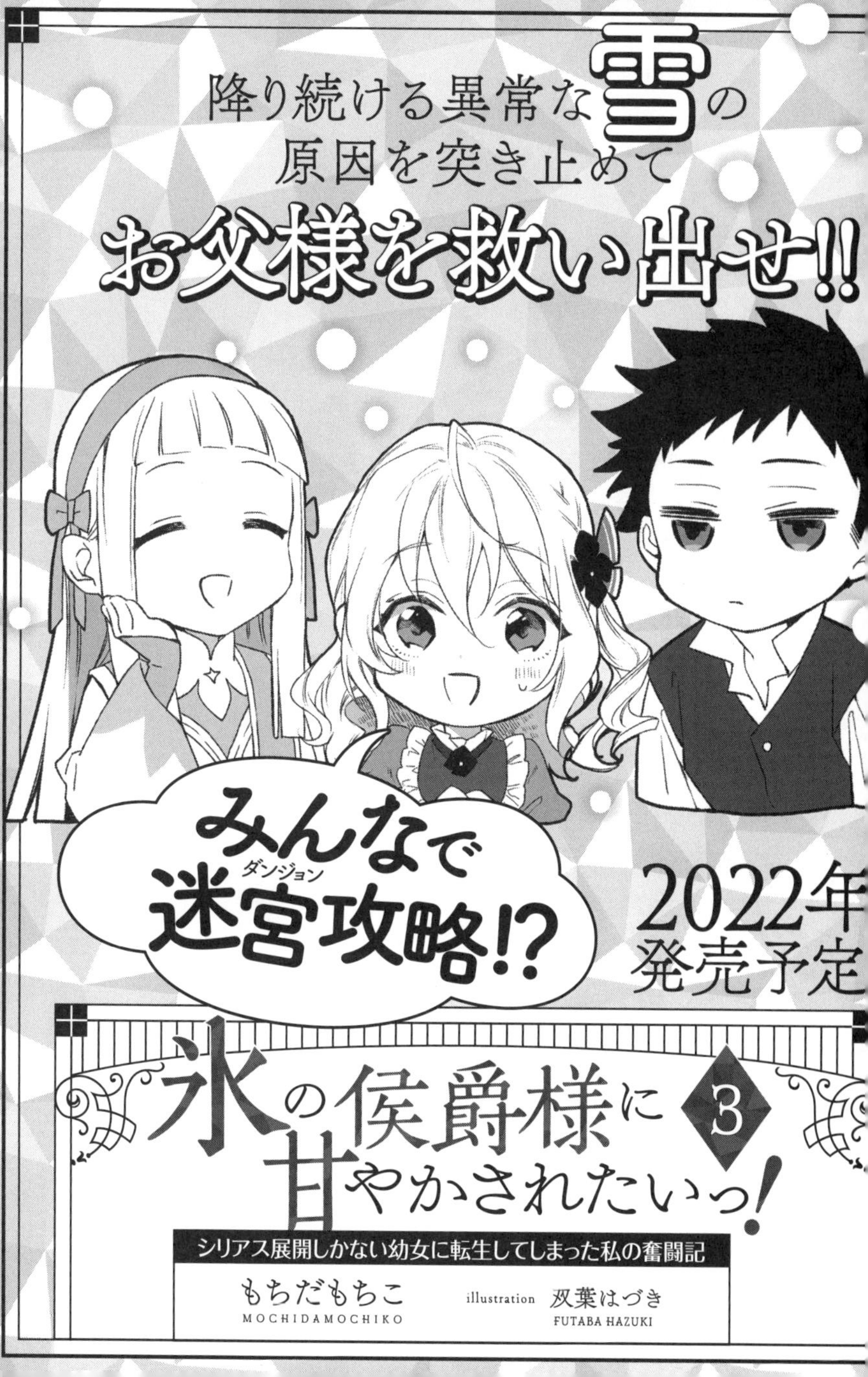
降り続ける異常な雪の
原因を突き止めて
お父様を救い出せ!!
みんなで
迷宮《ダンジョン》攻略!?
2022年
発売予定
氷の侯爵様に甘やかされたいっ! 3
シリアス展開しかない幼女に転生してしまった私の奮闘記
もちだもちこ
MOCHIDAMOCHIKO
illustration 双葉はづき
FUTABA HAZUKI

氷の侯爵様に甘やかされたいっ！2
～シリアス展開しかない幼女に転生してしまった私の奮闘記～

2021年11月　1日　第1刷発行
2021年11月15日　第2刷発行

著　者　もちだもちこ

編集協力　株式会社MARCOT

発行者　本田武市

発行所　TOブックス
〒150-0002
東京都渋谷区渋谷三丁目1番1号　PMO渋谷Ⅱ　11階
TEL 0120-933-772（営業フリーダイヤル）
FAX 050-3156-0508

印刷・製本　中央精版印刷株式会社

ISBN978-4-86699-250-1